아무튼, SF게임

아무튼, SF 게임

김초엽

위고

차례

오래전 이미 이곳에 와본 것 같다

까만 화면에 읽을 수 없는 엉어 글자들. 닝, 부팅음이 들리고 한참을 기다리면 파란 하늘을 배경으로 '윈도우 98'의 로고가 뜬다. 화살표 모양의 마우스 커서는 모래시계로 변했다가 다시 화살표로 변하기를 여러 번. 칙칙한 회색 바탕이 창을 가득 채운 모니터 속의 세계. 나는 숨을 죽이고 눈앞에 펼쳐질 이상하고 낯선 세계를 기다린다.

1999년, 일곱 살이었던 나는 동네 아이들 중 처음으로 컴퓨터를 가졌다. 아빠가 우체국에서 '국민컴퓨터적금'을 들어 사온 컴퓨터였다. 요구하지도 않았는데 컴퓨터는 내 방에 놓였다. 나는 장녀였고, 동생들은 (컴퓨터에 관심을 갖거나, 나에게 반항하기에는) 너무 어렸고, 엄마와 아빠는 신문물의 교육적 효과를 기대하셨기 때문에, 자연스레 나는 컴퓨터를 독차지하는 특권을 누리게 됐다.

처음 컴퓨터를 켜던 날이 아직도 생각난다. 엄마는 모니터 앞에서 설명서를 유심히 살폈다. 얼굴에는 혹시나 이 비싼 물건을 잘못 건드려 고장이라도 내면 어쩌나 하는 걱정이 가득했다. 엄마가 조심스럽게 전원을 켜고, 검은 화면이 깜빡깜빡한 뒤 바탕화면이 펼쳐질 때 나는 이상한 긴장감에 사로잡혔다. 배 속이 간질간질하고 심장이 빠르게 뛰었다. 무언가 낯선 세계로 진입할 때의 두려움과 기대감이 묘하게 섞여 있는 감정이었다. 그리고 그 이상한 세계의 화면 속에서 내가 발견한 건 온라인 '바둑' 프로그램이었다! 학교에서 바둑부 활동을 하고 있던 나는 당장 온라인 바둑을 하고 싶었는데, 아직 인터넷이 연결되지 않아 바둑은 물론이고 할 수 있는 게 없었다. 며칠 뒤 엄마가 컴퓨터에 전화선 모뎀을 연결했고, 나와 같이 인터넷을 살피며 무료로 다운 받을 수 있는 프리웨어나 데모 게임들을 잔뜩 다운로드 해주었다. 고작 몇 메가바이트 정도의 게임들이었는데 컴퓨터를 밤새 켜두어야 했다. 나는 아침마다 두근거리며 바탕화면에 새로 나타난 게임 아이콘을 확인했다. 물론, 다음 달 엄마가 전화요금을 보고 경악한 이후로는 우리 둘 다 조심스러워졌지만….

*

컴퓨터는 나에게 다른 세계로 가는 통로였다. 처음에는 시스템 종료를 하는 법도 몰라 컴퓨터 학원에 다니던 친구에게 전화를 걸어 집에 시한폭탄이라도 설치된 것처럼 다급히 물어볼 정도였지만, 얼마 지나지 않아 나는 이 작은 상자의 규칙을 파악했고 현실보다 모니터 안을 더 편하게 느꼈다. 세상은 너무 복잡하고 알아야 할 것들이 많고 낯선 규율과 이해할 수 없는 눈치 싸움으로 가득했지만, 그에 비하면 모니터 속 세계는 명쾌하고 단순해 보였다.

나는 그 세계로 빠져들었다. 나보다 몇 살은 더 나이를 먹은 사람들(그래 봐야 고등학생이었겠지만)이 처음 들어보는 록이나 힙합에 대해 이야기를 나누는 채팅방에서, 괜히 나도 중학생인 척하며 귀 기울여 듣고 가끔은 끼어들어 아는 척을 하고, 판타지 소설이 연재되는 게시판을 들락날락하며 소설 쓰는 사람들에 대한 환상을 품기도 했다.

무엇보다 나는 게임에 빠져 지냈다. 엄마가 어린이용 게임을 다운로드 해주던 시기를 금방 지나 온갖 텍스트 기반 어드벤처 게임*을 섭렵하고, 마트에서 파는 패키지 게임 CD를 하나씩 사 모으고, 아마추어 제작자들이 만든 게임을 하면서 '나도 이런 걸 만들고 싶다'는 생각을 하고, 한 게임에 질리면 쉴 틈도 없이 바로 다음 게임을 시작했다.

그에 비하면 현실은 너무 단조로웠다. 열 살 무

---

*   플레이어가 게임 속 이야기의 주인공으로서 모험과 퍼즐 해결 같은 과제를 수행하는 방식의 게임들을 가리킨다.

렵 학교에서 도통 뭘 하고 살았는지 기억이 잘 안 나는데, 바둑부에 들어가 바둑을 두던 것과 가장 친한 친구와 학교가 끝나자마자 「바람의 나라」에 접속해서 친구는 도사를, 나는 주술사를 플레이했던 것(해본 사람은 알겠지만 같이 사냥을 다니기에는 좀 이상한 조합이었다)이 떠오른다. 친구는 몇 년 뒤에 다른 지역으로 전학을 갔는데 나는 중고등학생 때도 그 애와 계속 온라인 게임을 같이 했다. 게임은 바뀌어도 각자 취향에 대한 고집은 여전해서, 파티를 맺기에는 늘 이상한 조합이었지만 우리는 아랑곳 않았다. 그때 우리는 서로에게 유일한 동갑내기 게임 친구였기 때문에 무척 소중했다. 나는 그 친구와 온갖 게임 세계를 돌아다녔다.

　그러다 갑자기 현실로 내팽개쳐졌다. 입시를 준비해야 할 시기가 온 것이다. 새벽까지 학교에서 자율을 가장한 강제 야간학습을 하다 보니 게임은커녕 잘 시간도 부족해 별 수 없이 게임과 멀어졌고, 또 그렇게 대학에 들어간 후에는 현실 월드를 플레이하기만도 너무 벅찼다. 당장 매일의 수업을 따라가기가 힘들었고, 매주 월요일 아침마다 치르는 퀴즈를 준비하고 쏟아지는 과제를 쳐내느라 정신이 없었다. 게다가 느닷없이 총학생회니 동아리니 하는 활동들을 잔뜩 하게 되는 바람에 자정 무렵 회의를 하러 학생회관으로 달려갔다가 끝나면 시장통에서 뒤풀이로 술을 마시는 날들이 이어졌다. 그렇게 돌아오면 너무 늦은 시간이라 게임을 할 수 없었다. 룸메이트는 다음 날 아침 퀴즈 때문에 일찌감치 잠들었는데 새벽까지 키보드를 두들겨댔다가는(솔직히 몇 번 그런 적이 있었지만) 과제나 공부 때문에 어쩔 수 없이 그러는 것과는 비교도 안 되게 눈치가 보였다. 결국 게임을 잘 하지 않게 되었고, 나는 한동안 게임이 과거의 취미가 된 거라고, 이제 게임은 '졸업'했다고 여겼다. 완전히 오산이었다.

당시 대학 동기들 사이에서는 휴학이 유행이었다. 보통은 가족과 함께 시간을 보낸다든지 멀리 여행을 다녀온다든지 영어 공부나 인턴십을 한다든지 하며 알찬 시간을 보냈다. 왠지 유행에 편승하고 싶기도 하고, 한편으로는 이대로 대학원에 가고 취직을 하면 당분간은 길게 쉴 기회가 없을 것 같아서 3학년 때 한 학기 휴학계를 냈다. 휴학하는 동안 책도 많이 읽고 글도 쓰면서(그때 나는 과학 논픽션을 쓰고 싶었다) 공모전에 응모하거나 온라인에 연재할 만한 원고도 모을 계획이었다.

집으로 돌아온 지 얼마 되지 않아서, 시간이 넘

쳐나던 나는 '스팀'이라는 게임 판매 플랫폼*이 인기 있다는 소식을 듣고 구경하다가 「보더랜드」를 발견했다. FPS(1인칭 슈팅 게임)에 RPG(롤플레잉 게임)를 결합한 장르였다. 총 쏘는 게임은 취향이 아니었지만 「보더랜드」의 미국 만화 같은 독특한 그래픽이 마음에 들어서 오랜만에 게임을 샀다. 큰 기대를 한 건 아니었다. 원대한 계획이 있었지만 따지고 보면 당장 할 일은 없으니 남아도는 게 시간이었다.

　　게임은 생각보다 어려웠다. FPS를 하는 게 처음인데 난이도 조절도 없는 데다 끝없이 몰려드는 적들과 광활한 맵에 정신이 혼미해졌다. 게다가 게임 캐릭터들이 끊임없이 내뱉는 비속어, 징그럽고 잔인한 유혈 장면까지, 평소 안 좋아하던 요소만 한 가득. 그런데 왠지 게임을 멈출 수가 없었다. 적당히 어려운데 계속 시도하다 보면 언젠가는 퀘스트를 깰 수 있는 기묘한 난이도가 도전 정신을 자극했다. 지쳐서 이제 그만해야겠다고 생각하고 게임을 종료하고 나니, 이미 밤이 되어 있었다. 황당한 기분이었다. 아니, 뭐 이렇게 재밌는 게 다 있지? 왜 여태 이런 걸 몰랐을

*　미국의 게임 개발사인 밸브 코퍼레이션이 운영하는 세계 최대 규모의 전자 게임 유통망이다.

까?

그렇게 나는 다시 게임의 세계로 빠져들었다. 한동안 게임 세계를 떠나 있었던 탓에(혹은 덕분에) 내가 즐길 게임은 무궁무진했다. 「보더랜드」, 「폴아웃」, 「바이오쇼크」, 「엑스컴」, 「매스 이펙트」, 「어쌔신 크리드」… 심지어 이 대부분의 게임들이 시리즈물이었다! 내 앞에 갑자기 나타난 이 낯선 세계들은 모두 달랐고, 각각 새롭게 생생했다. 놀라움 투성이였다. 게임 하나를 열심히 하다 질리면 그다음 게임이 기다리고 있었고, 그러다 엔딩을 보면 그 시리즈의 이전 작품이 대기 중이었다. 지금도 의아한 건, 컴퓨터가 거실에 있었는데도 휴학 기간 내내 컴퓨터 게임만 붙잡고 사는 딸에게 별말을 안 하던 부모님이다. 너무 오래 붙잡고 있으면 눈 나빠진다, 자세 안 좋아진다, 정도의 잔소리밖에는 하지 않으셨다. 딸이 그동안 공부를 열심히 하느라 고생했다고 여기신 걸지도 모르겠다(진실은 나만 알지만).

정신을 차려 보니, 나는 한 학기에 해당하는 휴학 기간 전부를, 방학까지 더하면 거의 반년도 넘는 귀중한 시간을 전부 게임을 하느라 날려버렸다. 분명 휴학을 하면 책을 많이 읽고 무엇보다 (논픽션을 쓰고 소설에도 도전하며) 글을 많이 쓰겠다고 결심을 했는데. 웬걸, 그냥 게임만 하다가 시간을 전부 날려 먹은 것이다. 그것도 인생에 다시 오지 않을 황금 같은 휴식기를!

*

그해 겨울, 나는 친구 은경과 함께 라스베이거스에 도착했다. 학교의 해외 탐방 프로그램에 선정되어 떠난 여행이었는데, 미국의 동부와 서부 과학관을 탐방하고 과학 문화에 대한 보고서를 제출해야 했다. 사실 이 라스베이거스 여행은 과학관이나 과학 문화와는 아무 상관이 없는, 순전히 나의 사심으로 끼워 넣은 일정이었다. 다행히 학교에서는 이 뻔뻔한 일정이 포함된 기획서를 별말 없이 통과시켜주었다.

　나는 로스앤젤레스에서 라스베이거스로 넘어간 순간부터 무척 들떠 있었다. 고풍스러운 건물에 네온사인이 번쩍거리는, 눈앞에 펼쳐진 미래적이면서도 복고적인 풍경에 마음이 완전히 사로잡혔다. '아, 정말 이곳을 내 눈으로 보고 있다니.' 함께 온 은경도 라스베이거스를 신기해하긴 했지만 내가 왜 그렇게까지 신나 있는지는 아직 모르는 것 같았다.

　며칠 뒤 후버댐과 그랜드캐니언으로 향하는 투

어 버스에서도 마찬가지였다. 투어는 시작부터 만만치 않았다. 호텔 앞 픽업 장소에서 한 시간 가까이 기다리는 동안 그 어떤 버스도 나타나지 않았고, 투어 판매처는 전화까지 받지 않아 사기를 당한 건가 싶을 때쯤에야 투어 버스가 나타났다.

라스베이거스 시내를 빠져나가는 동안 꾸벅꾸벅 졸다가 어느 순간 창밖으로 황무지가 펼쳐지기 시작하자 눈이 번쩍 뜨였다. 나는 황량한 풍경을 거듭 감탄하며 바라보았다. 그러다 중간 목적지인 후버댐에 도착해서는 급격히 들떴다. 사실 이 투어의 핵심은 그랜드캐니언으로 후버댐은 그곳으로 가는 길에 잠깐 들르는 댐에 불과했고 미국의 역사에 관심이 없는 외국인 관광객들에게는 그냥 거대한 댐일 뿐이었다. 같이 투어를 간 사람들은 가이드의 말을 들으며 댐을 내려다보긴 했지만 곧 흥미를 잃었다. 하지만 나는 댐 아래를 내려다보고 그곳의 부속 시설들을 부지런히 살피며 벅찬 기분으로 은경에게 말했다.

"나, 지금 너무너무 가슴이 벅차."

"갑자기 왜?"

"여기가 내가 진짜 좋아하는 게임 배경이거든. 「폴아웃 뉴 베가스」라고. 최후의 전투가 여기서 있었는데, 거기서 후버댐이 되게 중요한 장소로 등장하는

데…."

뭔 소린가 하고 듣던 은경은 '그럼 그렇지' 하는 표정을 지었다. 다행히 은경은 자신이 모르는 분야에 몰입하는 이상한 사람들에 대한 너그러움이 있는 친구로, 그 전주에 내가 뉴욕의 코믹북 스토어 '포비든 플래닛'을 한참이나 서성이며 〈닥터 후〉 굿즈를 들었다 놨다 할 때도, 레너드 니모이*의 고향 보스턴에서 발견한 스팍 사진 옆에서 인증 샷을 잔뜩 찍어댈 때도 기꺼이 기다려준 친구였다.

"그래서 언니가 여기 오고 싶어 했구나?"

음, 꼭 그런 것은 아니었다. 하지만 아니라고 말할 수도 없었다. 그랜드캐니언은 살면서 한번쯤 와보면 좋은 장소가 맞다. 하지만 여기에 꼭 오고 싶었던 건 「폴아웃 뉴 베가스」의 후버댐 때문이었고, 라스베이거스나 남들은 관심 없는 황량한 모하비 사막의 풍경에 잔뜩 들뜬 것도 사실 「폴아웃 뉴 베가스」 때문인 거니까…. 그럼 결국 난 게임 때문에 여기 오려고 했던 것이 맞나?

그날 모하비 황무지를 달려 라스베이거스의 숙

---

* 미국의 배우 겸 영화감독, 가수, 작곡가. 미국의 SF 텔레비전 시리즈 〈스타트렉〉의 스팍 역으로 유명하다.

소로 돌아가는 동안 나는 해 시는 창밖을 보며 생각에
잠겼다. 모든 것을 알고 있는 수상한 인공지능과 나
를 졸졸 따라다니던 컴패니언 로봇, 황무지를 달리는
배달부를 생각했다. 게임 속 세계가 실재할 거라고
생각해본 적은 없었는데, 이상한 느낌이었다. 물론
「폴아웃 뉴 베가스」 속 모하비 황무지와 뉴 베가스와
후버댐은 실제와는 많이 달랐다. 하지만 나는 분명한
기시감을 느꼈다. 내가 이 장소들을 언젠가 목격했을
뿐만 아니라 아주 생생하게 경험했던 것 같았다. 오
래전 이미 이곳에 와본 것 같았다.

　　이상하게도 그날 이후 나는 게임으로 다 날려버
린 휴학 기간이 그다지 아깝지 않았다. 게임에만 빠
져 살았던 내가 한심하게 느껴지지도 않았다. 쉴 때
조차 무언가 생산적으로 쉬어야 한다는 강박을 갖고
있던 나였는데도 그랬다. 게임이라는 게 내 삶에 이
렇게 층을 한 겹 더해주는 것이라면, 그래서 한 번도
가본 적 없는 장소에 대해서도 직접 겪고 온 것 같은
감각을 선사하는 것이라면, 때로 그렇게 다른 세계에
서 시간을 허비하고(?) 오는 것이 괜찮은 일일지도
몰랐다. 그런 생각이 들었다.

　　어렸을 때 나는 게임 속 세계가 모니터 안에 있
다고 생각했다. 지금은 내가 다녀온 그 세계들이 현

실 위에 층층이 포개져 있다고 생각한다. 여기가 엄밀한 현실, 저기가 허황된 허구인 것이 아니라―또는 게임 속이 진짜이고 여기가 얼른 로그아웃해야 할 현실인 것이 아니라―어느 날 거리 위에 불쑥 나타나기 시작한 포켓몬들처럼, 그 여러 세계들은 얼마든지 이 위에 겹쳐졌다가 또 흩어질 수 있는 것이라고.

그 세계들에 대해 거듭 생각하다가 이 책을 쓰게 됐다. 비디오게임 중에서도 특히 SF 게임에 초점을 맞춰 그 게임 속 세계들이 나를 왜 사로잡았는지, 그 세계들이 각각 어떻게 달리 '게임답게' 매력적인지를 이야기해보았다. 내 삶이 게임과 어떻게 얼기설기 엉켜 있는지에 대한 이야기도 조금 들어 있다. 내 본업이 소설가이다 보니 소설을 쓰는 사람의 관점에서 게임을 살펴보기도 했다. 게임은 소설과는 아주 다른 매체여서 만들어지는 방식도 플레이어(독자)에게 닿는 방식도 매우 다르지만, 그럼에도 어떤 세계를 상상하고 만드는 일이라는 점에서 나의 창작하는 무의식에 영향을 미치지 않았을까 생각도 해보았다.

한두 가지 게임을 집요하게 소개하기보다는 게임이라는 매체 자체의 특별한 점에 주목하려고 했는데, 그건 내가 게임을 평소 깊게 즐기지 않는 독자들을 주로 상상하며 이 책을 썼기 때문이다. "조금 낯설지만 매력 있는 세계인데, 한번 보실래요?" 하고 너무 부담스럽지 않은 제안을 한다고 생각했다. 아직 나와 비슷한 게임들을 좋아하는 이들을 많이 만난 적은 없어서다. 그렇지만 동시에 나는 북토크에서 "저도 그 게임 좋아해요" 은밀하게 속삭이고 떠나던 분들을 생각하며, 그리고 잘 모르는 낯선 세계 앞에서도 슥 스쳐가는 대신 잠시 발걸음을 멈추는 독자들을 생각하며 이 책을 썼다. 여기 소개된 게임들이 익숙하든 낯설든, 그 세계들을 구성하는 마법을 새롭게 발견하고 함께 이야기 나누고 싶다는 바람과 함께. 그러다 보면 누군가에게는, 마침내 약간의 망설임과 함께 그 문을 여는 계기가 될지도 모른다고 기대하며 (늘 상상이 앞지르는 것은 소설가의 직업병일까).

하지만 그러지 않아도 좋다. 우선은 여기 이 세계들이 어떻게 작동하는지에 대한 이야기로 시작해보자.

기억을 잃은 주인공의 부활

얼마 전 작업실에서 인터뷰를 했다.[*] 한 사람의 서재를 살펴보며 그 사람의 일상과 삶에 대해서 들여다본다는 콘셉트의 인터뷰였는데, 언젠가 사진 촬영을 위해 작업실을 공개한 적은 있었지만 이 정도로 세세하게 공개하는 인터뷰는 처음이었다.

데뷔 이후로 계속 작업실을 따로 구해서 일하다가, 2년 전 독립하며 집에 작업실을 마련했다. 큰 창문으로 햇살이 잘 들고 책을 놓기에도 공간이 충분한, 그야말로 완벽한 작업실이었다. 그런데 정작 집에 작업실이 생기니 도저히 일이 되지 않았다. 글 한 줄 쓰고 청소기 돌리고, 또 한 문단 쓰고 식기세척기 돌리고, 좀 일하다 보면 아직 세탁기에서 꺼내지 않은 빨래가 생각나고, 허리가 약간 아프다 싶으면 곧바로 소파가 눈에 들어오고… 집 안은 수많은 유혹(?)으로 가득 차 있었다. 나는 결국 예전처럼 카페, 공유오피스 등을 전전했고 언젠가 집 근처에 작업실을 따로 구해야지 하고 마음먹는 데까지 이르렀다. 그리고 내 작업실이었던 곳은 언젠가부터 취미방이 되었다.

정정하겠다. 언젠가부터 취미방이 된 게 아니

---

[*] 「그 사람의 서재」, 『한국일보』(2023. 12. 22).

라, 사실 처음 이사 왔을 때부터 취미방이었다. 변명하자면 침실은 침대 말고 다른 것을 더 놓기에는 너무 작고 거실에는 전자기기를 두고 싶지 않아서 플레이스테이션과 닌텐도 스위치, 게이밍 노트북 따위의 게임 장비들을 놔둘 곳이 작업실밖에 없었다. 그래도 나는 '낮에는 제발 일만 하자!'는 원칙을 세우고 낮 시간에는 절대 게임을 하지 않았다.

하지만 기자님이 인터뷰를 위해 집을 찾았을 때는 그 원칙마저 파괴된 시점이었다. 그때 나는 한 해를 꼬박 쏟아부은 장편 하나를 출간한 직후로, 아직 새로운 글을 시작하지는 않은 때였다. 매일 북토크를 하느라 출장 가방에 작업용 노트북을 넣어뒀더니 책상에는 게이밍 노트북뿐이었다. 책장에 다 꽂지 못해 석순처럼 자라난 책 더미들이 내년에 직업실을 구하면 거기 갖다 놓겠다는 핑계로 마구 방치되어 있었다. 그러니까 내 작업실은 이제 작업실도 아니고, 서재의 역할도 못하고(책 한 권 찾으려면 책 탑을 힘들게 헤집어야 했다) 할 수 있는 거라곤 게임뿐인, 부정할 수 없는 취미방이 된 것이다.

인터뷰를 진행하는 기자님과 사진 촬영을 맡은 사진기자님 두 분이 찾아왔는데, 두 분 다 게임기에 관심을 보이셨다. 내가 게임을 하는 모습을 찍고 싶어 하셔서 다수 과장된 자세로 게임패드를 들고 사이버펑크 고양이가 등장하는 게임 「스트레이」를 플레이하는 척 연기도 했다. 심지어 그날 인터뷰의 꽤 많은 분량이 게임 이야기에 할애되었다. 책장에 꽂혀 있는 책 중에서 인생의 책을 추천해달라는 말에, 나는 좋아하는 책이 너무 많아서 인생의 책을 도저히 꼽을 수 없지만, 마침 요즘 게임에 대한 에세이를 쓰고 있어서 『게임: 행위성의 예술』이라는 철학, 문화비평 책을 너무 재미있게 읽었다고 강조했다. 소설이 서사를 가지고 하는 예술이고 영화가 영상을 가지고 하는 예술이듯, 게임은 행위성을 가지고 하는 예술이라는 내용의 책이었다(나는 인터뷰에서 당분간 게임 에세이에 집중할 계획이라고 여러 번 강조함으로써, 출판사에 이 원고를 2년간 보내지 않고 있는 죄책감을 약간 덜어냈다).

어쨌든 인터뷰 전날 나는 작업실을 신중하게 살폈다. 바닥에 쌓인 책 탑을 처리하는 건 물리적으로 불가능한 데다 있는 그대로 서재를 공개하는 인터뷰이니 이제 와서 일부러 정리하고 싶지는 않았다. 그래도 혹시나 너무 지저분하거나 이상하게 나오지 않을까 싶어 오래된 포스터를 떼어내고 며칠 전 도쿄 출장에서 사온 광물 포스터도 붙였다. 흡족한 마음으로 작업실을 돌아보다가 장식 테이블 위, 작업실에 들어올 때 가장 먼저 눈에 띄는 곳에 놓인 '톨넥' 레고에 시선이 닿았다.

톨넥은 「호라이즌 제로 던」 시리즈에 나오는 거대한 기계 동물이다. 「호라이즌 제로 던」은 포스트 아포칼립스, 즉 인류 문명이 한번 멸망했다가 겨우 재건된 직후의 시기가 배경인 게임이다. 그런데 인간의 문명이 아직 부족 단위로 마을이나 도시 하나를 겨우 이루는 데에 머무르는 반면, 정작 들판에는 첨단 기계장치들로 이루어진 기계 동물들이 돌아다닌다. 톨넥은 이름에서 알 수 있듯 목이 아주 긴 기린을 모티브로 한, 작중에서 가장 키가 큰 기계다. 너무 커서 톨넥에게 손상을 가하거나 쓰러뜨리는 건 불가능한 데다가, 그냥 지나가는 발에 밟히기만 해도 죽을 수 있다. 쓸데없이 무기를 휘두르는 대신 톨넥에게 밟히지 않도록 조심스럽게 몸에 올라탄 다음(보통 근처 건물이나 기둥 따위에 올라가 있다가 톨넥이 스쳐 지나갈 때 뛰어내린다), 톨넥의 등과 목을 따라 튀어나온 기계 부품들을 잘 붙잡고 머리 꼭대기까지 등반해서 톨넥의 코어를 해킹하면 주위 지역의 지도와 정보를 얻을 수 있다. 움직이는 전망대에 오르는 것과 비슷하달까. 톨넥 위에 올라타서 바라보는 게임 속 세계는 정말로 아름답다. 그냥 계속 바라보고만 있어도 좋을 만큼. 톨넥은 「호라이즌 제로 던」의 아트 포스터나 스크린샷에도 자주 등장할 만큼 상징성이 있고, 그래서 레고로도 출시되었다. 나는 톨넥 레고를 발견하자마자 홀린 듯 산 다음 한동안 방치해뒀다가, 장편 마감을 끝내자마자 조립해서 전시해두었다.

'음, 이걸 그대로 놔둘까?' 나는 잠시 고민에 빠졌다. 안 될 건 없지. 혹시 사진에 나오더라도 좋다. 모두가 톨넥의 아름다움을 알았으면 좋겠다. 그러면 그 옆에 놓여 있는, 게임 주인공 '에일로이'의 다소 과장되게 귀여운 피규어는? 이건 레고가 아니라 따로 산 건데. 신경이 좀 쓰이긴 했지만, 톨넥 옆에 주인공이 있는 건 당연한 일이니까 그대로 두었다.

인터뷰 당일 서재를 세심히 살피는 기자님께 나는 톨넥 레고를 자랑했다. 내가 좋아하는 게임의 좋아하는 기계 동물이라고. 그런데 기자님의 반응은 조금 뜻밖이었다.

"귀엽네요."

"네? 이 피규어요?" (구석의 조그만 에일로이를 가리키며)

"아뇨, 이거요." (장엄한 톨넥을 가리키며)

"귀엽다고요?"

아무리 생각해도 귀여운 게 아니라 멋진 쪽에 가깝지만, 멋진 걸 설득할 수는 없으니까…. 그래도 기자님의 훌륭한 사진과 함께 내 톨넥 레고와 에일로이는 인터뷰 기사로 박제되었다.

＊

「호라이즌 제로 던」은 트레일러를 처음 본 순간부터 빠져든 게임이다. 거대한 기계 동물에 맞서는 붉은 머리의 여자 주인공. 작은 인간의 몸집으로는 도저히 쓰러뜨릴 수 없을 것 같은 기계의 약점을 노려서 활을 쏘고, 덫을 놓고, 불을 붙여 싸운다. 「호라이즌 제로 던」을 보고 가장 먼저 떠올린 건 커다란 몬스터를 때리고 도망치고 때리고 도망쳐서 끝내 수렵하는 「몬스터 헌터」 시리즈였다. 무심코 '몬헌의 기계 버전인가?' 하고 생각할 정도였다(실제로 「몬스터 헌터」에 영향을 받았다는 제작진 인터뷰 기사가 있다). 그렇지만 「호라이즌 제로 던」의 진짜 매력은 전투보다는 세계관과 설정, 몰입감을 느끼게 하는 세계 자체에 있다. 이 게임은 내가 워낙 좋아하는 부분이 많아서 나중에 또 이야기하겠지만, 게임 도입부의 특히 인상 깊었던 장면을 말하고 싶다.

게임이 시작되면 주인공 에일로이의 어린 시절이 비춰진다. 부족 사회를 이루어 살아가고 있는 문명. 부모에게 버려진 에일로이는 노라 부족에 소속되지 못하고, 이를 안타깝게 여긴 노라 부족 출신의 한 남자에게 길러지며 사냥과 채집을 배운다. 어느 날 또다시 노라 부족에게 거부당하는 일이 생기고, 에일로이는 소외감을 느끼며 어디론가 무작정 달려가다 언덕에서 굴러 떨어지는데 그곳에서 수상한 동굴을 발견한다. 동굴에서 에일로이는 과거의 유적, 인류가 멸망하기 전 첨단 기술을 누렸던 시절의 유적을 목격하고, 해골에 붙어 있던 조그만 세모 모양의 칩을 발견한다. 칩을 착용하자 눈앞에 보라색 홀로그램이 펼쳐지며 주위 환경의 정보를 전달한다. 그때부터 에일로이의 세계는 두 겹이 된다. 하나는 기술이 퇴화한 현재의 초기 문명, 다른 하나는 그 위에 한 겹 덧입혀진 과거 기술문명의 세계다. '포커스'라는 이름의 이 칩은 동시에 게임 시스템의 일부이기도 하다. 게임 내내 에일로이가 적과 환경에 대한 정보를 얻게 되는, 유저 인터페이스이자 HUD(헤드 업 디스플레이)가 포커스를 통해 출력되는 것이다.

여기까지 본 순간 나는 이 게임에 엄청난 호감을 느꼈다. 와, HUD를 이런 식으로 표현할 수도 있네? 보통 '말도 안 되지만 게임의 재미를 위해 그냥 넘어가는' 요소를 이렇게 설득력 있는 방식으로, 세계관에 완전히 통합해 제시한다는 사실이 놀라웠다. 이 세계가 정말로 어딘가 존재할 것 같은, 생생한 현실감이 느껴졌다.

그렇지만 솔직히 이 대목을 읽는 독자들의 80퍼센트는 '뭐라는 거야, 그래서 뭐 어쨌다고' 하는 반응을 보일 것 같다는 생각이 든다. 부연 설명을 조금 해보겠다.

비디오게임에는 현실적으로 생각하면 아주 이상하지만, 게임 안에서는 자연스럽게 작동하는 시스템이 있다. 이것을 게임 메커니즘이라고 부른다.* 대표적인 것이 게임의 부상과 회복 개념이다. 게임 속

---

* 사실 스포츠나 보드게임 같은 추상화된 게임의 경우, 게임 메커니즘이 비현실적이라는 말은 주객이 전도된 표현이다. 애초에 이런 게임들이 비현실적인 규칙을 모아놓았기 때문에 성립하는 것이기 때문이다. '공을 왜 꼭 그쪽으로만 차야 하는데?', '왜 체스의 나이트는 그렇게 움직여야만 하지?'에 대한 답은, '그게 게임의 규칙이고 그런 규칙을 모아놓아야 재미있으니까'이다. 다만 이 책에서는 내가 주로 다루는 게임, 즉 조작 가능한 캐릭터가 가상의 물리 공간을 체험하며, 소리, 빛, 물리 엔진 등이 현실적으로 구사되는 비디오게임에 한정해 이야기하겠다.

에서 플레이어 캐릭터는 잘 죽지 않는다. 석에게 총탄 몇 발을 맞아도, 칼에 베이고 도끼에 찍혀도, 달려드는 좀비에게 몇 번을 물려도 웬만해서는 죽지 않는다. 대신 빨간색으로 표시되는 체력(Hit Point, HP) 게이지가 줄어드는데, 일단 당면한 위협을 벗어나고 나면 잠시 휴식하는 것으로 HP를 다시 채울 수 있다. 다리뼈가 부서지고 독극물에 중독되어도 약 한 번 먹으면 낫는다고? 말도 안 돼, 그렇게 치명적인 부상인데도? 그래도 게임 속에서는 허용된다. 애초에 총 한 발 맞으면 죽고 도끼에 한 번 찍히면 쓰러져 못 일어나는 게임을 원하는 플레이어가 거의 없기 때문이다.

죽음과 부활도 마찬가지다. 아무리 무시무시한 체력 게이지를 소유한 플레이어라고 해도 너무 과하게 맞으면 죽는데, 거의 모든 게임이 플레이어의 죽음 이후에도 게임을 다시 이어 할 수 있다. 죽기 직전의 체크포인트(저장 가능한 위치)로 돌아가거나, 약간의 페널티를 받고 소생하거나 하는 방식이다. 플레이어의 죽음이 돌이킬 수 없는 사건인, 그러니까 현실과 비슷한 방식으로 죽음을 다루는 경우는 보통 '로그라이크'라는 장르의 게임인데 이 장르는 진입 장벽이 꽤 높은 편이다. 아니면 같은 게임을 하드코어 난이도나 철인 모드로 플레이한다든지(하지만 괜히 '하드코어'이겠는가). 대개의 경우 게임에서의 죽음과 부활은 가볍고, 굳이 구구절절 설명되지 않는다.

자유롭게 게임 내 세계를 탐험할 수 있는 오픈월드 게임에는 대개 온갖 '퀘스트 마커'로 도배된 지도가 등장하는데, 현실의 삶과 달리 이 지도가 있는 게임 속에서 우리는 길을 잃지 않고, 이다음에 우리가 무엇을 해야 할지 잘 알 수 있다. 지도상에서 '빠른 이동'을 지원하는 게임도 많다. 지도 위에서 클릭을 하거나 홀로그램 정류장을 들여다보는 것만으로 다른 장소로 순간 이동을 할 수 있다. 게임에 흔히 등장하는 '상점' 시스템도 곰곰이 생각해보면 좀 웃기다. 모든 물건을 헐값에 사들이고, 플레이어의 수준(레벨)을 봐가며 점점 비싸고 좋은 물건을 파는 가게 주인이라니. 게다가 상점에서 비싼 총을 사려면 게임 속에서 적을 죽일 때마다 떨어지는 의문의 아이템을 모아야 하는데, 이 물건들을 다 들고 다닐 수 있는 플레이어의 괴력은 설명이 되지 않는다. 게다가 이 모든 물건이 다 들어갈 수 있는 마법의 배낭도 있다.

어쨌든 이 모든 비현실적 장치들은 비현실적이라는 비난을 사지 않는다. 플레이어들에게는 그게 필요하니까. 게임에 사실감을 더한답시고 인벤토리에

세안을 설거나(아이템이나 부세를 부여하고 부벼 제한도 건다든지) 빠른 이동 시스템을 넣지 않고 걸어 다니게만 하거나, 퀘스트 마커가 없어서 길을 잃게 만든다거나 하는 게임들이 있는데… 그 나름대로 난이도와 긴장감을 높이는 장치이지만, '꼭 그렇게까지 해야 하냐'라고 어디선가는 욕을 먹게 되어 있다.

스토리 면에서도 이런 장치가 있다. 대표적인 게 '기억을 잃은 주인공'이다. 드라마나 영화에서도 기억 상실 소재는 흔하다지만, 게임에서는 마치 모두 약속이나 한 것처럼 플레이어 캐릭터들이 기억을 잃은 상태로 게임이 시작될 때가 많다. 연출도 대부분 비슷하다. 암전되었다가 서서히 밝아지는 화면, 주인공을 마구 흔들어 깨우는 손짓, "이봐, 정말 너 여기 온 이유가 기억 안 나?" 물으며 구구절절 설명을 시작하는 다른 캐릭터. 비틀거리며 테이블을 짚고 일어난 플레이어 캐릭터가 거울을 보면, 그와 동시에 시작되는 캐릭터 커스터마이즈… 이렇게 비슷해도 되나 싶지만 게임은 무엇보다 '플레이'가 우선인 매체이기 때문에, 방대한 세계관과 시스템, 조작 방식을 초반에 와르르 쏟아놓기에 기억 상실이라는 장치가 너무 편리하다. 너도나도 기억을 잃고 시작하니 개연성은 좀 떨어지지만, 워낙 간편한 장치인 데다 시작하는 플레이어 입장에서도 덜 헤매게 되니 새로운 게임을 시작할 때 주인공에게 '또' 기억이 없다 해도 '흠, 그렇군. 안타깝지만 애도 기억을 잃었군' 하고 넘어가게 된달까.

이런 장치들은 재미와 편의성을 위해 게임 디자이너와 플레이어 사이에 합의된 게임 메커니즘이다. 소설의 장르 규칙과도 비슷하다. SF가 타임슬립이 일어나는 이유에 대해 구구절절 설명하지 않고, 판타지 소설이 드래곤과 뱀파이어의 존재를 납득시키는 데에 집착하지 않고, 로맨스 소설에서 두 인물이 사랑에 빠지는 건 당연한 일이고, 미스터리에서 주인공 탐정 주위에서 늘 살인이 일어나도 독자들이 의문을 품지 않는 것과 같다. 그냥 그런 세계인 것이다. 하지만 간혹 어떤 게임들은, 이 장치들을 한번 잘 설명해 보겠다고 팔을 걷어붙이곤 한다.

*

비현실적인 게임 시스템이 게임 세계관 내에서 설득력 있게, '현실감' 있게 설명될 수도 있다는 걸 알게 된 건 「보더랜드」에서였다. 「보더랜드」 시리즈는 온갖 폭력과 무법이 판치는 판도라 행성에 외계 유물과 자원을 채굴하기 위해 기업들이 진출해 있는 미래가 배경인데, 어딘가 나사가 잔뜩 빠진 듯한 세계다. 그러다 보니 전투도 정신이 없다. 일부 은신과 잠행 위주의 플레이를 제외하고는 보통 끊임없이 쏟아지는 적들과 빠르고 역동적인 난투극을 벌이게 되는데, 설령 그 과정에서 플레이어가 죽더라도, 죽음-소생 사이에 약간의 지연이나 단절이 있는 다른 게임들과 달리 최대한 빠르게 부활이 이루어지고 즉시 전투가 재개된다.

「보더랜드」는 이 부활 시스템을 설명하기 위해 '하이페리온 뉴-유(New-U) 스테이션'이라는 정거장을 도입했다. 하이페리온은 이 게임 내에서 판도라 행성을 점령하기 위해 온갖 이상하고 못된 일을 도맡아 하는 기업인데, 설정상 플레이어 캐릭터의 DNA를 보관하고 있다가, 플레이어가 죽으면 즉시 스테이션에서 클론을 재구성해서 미션을 이어하도록 유도한다. 기계 장치가 부서지면 얼른 똑같이 만들어 투입하는 것과 마찬가지다. '아니, 말이 되나, 그걸 누가 납득해?' 싶겠지만 이 설정은 이 게임의 광기 어린 세계관과 매우 잘 맞물린다. 모두가 미쳐 있는 세계이므로, 악덕 기업이 플레이어의 클론을 재구성해 부활시키고 재구성비를 받아간다는 설정은 게임에 '현실감'을 더한다. 「보더랜드」 내의 빠른 이동 시스템도 비슷하게 설명된다. 스테이션 사이를 이동할 때 플레이어 캐릭터는 완전히 분해되었다가 재조립된다. 방금 순간 이동한 그 캐릭터와 나는 같은 존재일까? 이문제를 다룬 SF 소설만 해도 수천 편은 나와 있을 것이다. 하지만 이런 철학적인 질문은 광기로 가득한 판도라 행성에서는 별 의미가 없다. 뭐, 따져보면 내가 아까 개랑 다른 존재일 수도 있겠지? 하지만 빠른 이동을 공짜로 시켜준다니, 어찌 됐든 고마워, 그렇게 된달까. 이 어이없는 설정은 어이없는 세계관에 매끄럽게 통합되고, 그래서 이 세계는 여전히 황당하지만 더 실감 나는 세계가 된다.

오픈월드 게임 다수는 지도와 로그(퀘스트 기록), 캐릭터 스탯(능력치)을 볼 수 있는 상태창을 제공하는데, 보통 이 상태창은 아무 때나 불러올 수 있고 별 다른 설명 없이 '그냥' 수행 가능한 기능이다. 그런데 「폴아웃」 시리즈에서는 이 상태창이 '핍보이 (Pip-Boy)'라는 디바이스를 통해 제공된다. 「폴아웃」은 핵전쟁으로 인류 문명이 망한 이후가 배경인데 재미있게도 우리 현실과는 다르게 트랜지스터 대신 진공관이 극단적으로 발전한 세계여서, 등장하는 모니터들은 수십 년 전 썼던 CRT 모니터(진공관 모니터) 형태를 하고 있고 출력되는 화면도 단색이다. 컴퓨터의 크기도 아주 크다. 핍보이는 이 투박한 컴퓨터만이 존재하는 세계에서 보기 드문 초소형 컴퓨터로, 거친 세계에서 살아남기 위한 정보를 제공한다. 핍보이를 호출하는 버튼을 누르면, 플레이어 캐릭터는 손목을 들어 올리는 동작을 한다. 즉, 플레이어는 핍보이를 통해 지도를 보고 퀘스트 기록을 읽고 라디오를 들을 수 있다. 물론 모두 다른 게임에서도 제공되는 기능이다. 하지만 「폴아웃」 시리즈는 핍보이라는 설정을 통해 당연히 그냥 받아들여지는 시스템이었던 게임 메뉴와 유저 인터페이스를 세계관의 일부로 통합했고, 핍보이는 이 게임 시리즈의 아이콘이 되었을 뿐만 아니라 비디오게임 역사에서도 가장 상징적인 물건 중 하나가 되었다.[*] 지도를 보기 위해 수시로 손목을 들어야 할 때 가끔 '걸리적'거리지만, 이 약간의 현실감 때문에 나는 조금 더 이 세계 속에 들어와 있는 듯한 느낌을 받는다.

때로는 아무리 게임이라고 해도 유저들이 도저히 '그냥' 받아들일 수 없어서 적절한 설명이 덧붙여

---

[*] 이렇게 게임 내러티브의 일부로 통합된 유저 인터페이스를 '몰입형 UI(Diegetic UI)'라고도 한다.

지는 경우도 있다. '포탈건'이라는 차원 왜곡 무기로 곳곳에 포탈을 만들어 방에서 탈출하는 퍼즐 게임 「포탈」에서는 주인공이 아무리 높은 곳에서 떨어져도 다치지 않는데, 테스트 플레이에서 참가자들이 이 점을 납득하지 못했다고 한다. 하긴, 많은 게임에 추락사 개념이 있다. 죽은 사람이 다시 살아나는 건 게임적으로 허용되지만 높은 곳에서 추락해도 멀쩡한 건 설명이 필요했던 것이다. 그래서 제작자들은 착지할 때 충격을 줄이는 '강화 무릎 보철물'을 주인공의 다리에 달았다.* 그 이후로는 테스트 게이머들이 더는 불평하지 않았다고 한다. 뭐… 나라도 그랬을 것 같다. 근데 애초에 주인공이 쓰는 포탈건이 더 말이 안되지 않나? 어쨌든….

　「호라이즌 제로 던」의 '포커스'는 내가 해본 게임 중 가장 멋지게 HUD를 세계관에 통합한 경우였다. 많은 1인칭 게임(주로 FPS)에서는 플레이어들에게 적의 위치, 약점, 이동 경로 등 전투에 필요한 정보 혹은 퀘스트를 풀어나가는 데에 필요한 환경 정보를 제공하는데, 보통 이 정보들은 유리창에 정보를 표시해주는 미래적인 장치처럼 그냥 플레이어의 화면에

* 　「포탈 2」에서는 낙하용 롱부츠로 개선되었다.

떠워진다. 왜 그게 기능한지 굳이 설명하지 않는 것이다. 하지만 앞서 말했듯 「호라이즌 제로 던」의 에일로이는 과거 인류의 첨단기술 유적을 탐험하다가 포커스를 획득하고, 그 포커스를 통해서 비로소 환경과 적에 대한 심층 정보를 획득한다. 이렇게 세계관과 잘 들어맞는 도구를 경유해 게임 시스템을 보여주면, 게임에 더욱 몰입하는 것이 가능해진다.

그러니까 나는 이렇게 비현실적 게임 메커니즘을 내적 정합성을 충족하며 그럴싸하게 게임 속의 세계관에 합치는 설정들을 좋아하는데, 사실 이건 SF랑 비슷한 면이 있다. SF는 비현실적인 요소들을 아무렇지 않은 척 세계의 일부로 끌어들이면서도, 이걸 자꾸 '말이 되게끔' 설명하려는 욕망을 좀처럼 놓지 못한다. 한 가지 예로 내가 자주 드는 게 피터 와츠의 『블라인드 사이트』인데, 해양생물학자이기도 한 작가는 이 소설에서 이제 모두가 굳이 의문을 제기하지 않는 뱀파이어의 존재를 설명하기 위해서 엄청난 과학적 디테일을 동원한다. 사실 요즘 독자치고 소설 속 뱀파이어에 대해 굳이 의문을 가지는 사람이 있을까? 하지만 작가는 아무도 요구하지 않은 뱀파이어에 대한 설명을 구체적으로 풀어나갈 뿐 아니라 작가 후기에 아예 '흡혈귀 생물학' 파트를 추가했다.* 그리고 전체적으로는 내 취향을 좀 비껴 나갔던 이 소설에서 내가 제일 좋아했던 것도 그 부분이었다.

내가 좋아하는 SF 작품에는 가끔 "쓸데없는 정보가 많다", "세계나 설정을 자꾸 설명하려고 한다" 같은 리뷰가 붙는데, 나는 그런 말을 보면 내가 그 작품을 만든 것도 아닌데 속으로 괜히 억울해한다. 아니, 그 설명 많은 부분이 좋다고요…. 아무튼 이 설명하고 싶은 욕구, 어차피 말이 안 되는 걸 너도 알고 나도 알지만 그래도 어떻게든 말이 되게 끼워 맞춰보고 싶은 마음은 게임 디자이너들에게도 있는 모양이다. 아무래도 내가 SF를 편애해서 그런 걸 수도 있지만,

---

*   피터 와츠의 설명을 인용하자면 이런 식이다. 70만 년 전 인류의 선조에게서 분화한 호모 사피엔스 뱀피리스는 X 염색체의 Xq21.3 블록에서 발생한 평동원체역위 변이로 인한 단백질 합성 문제가 생겼고, 이로 인해 식인을 하는 습성을 갖게 되었다. 동시에 이 변이로 인해 눈에 '십자가 결함'이라는 치명적인 약점을 얻게 되어서, 수평 자극과 수직 자극을 동시에 감지하면 대발작이 일어난다. 과거에는 자연에 직각 형태가 거의 없어 괜찮았지만 문명이 발전하며 멸종에 이르렀고, 그 유전자를 미래의 유전공학자들이 발견해 다시 되살린 종이 뱀파이어라는 설정이다. 이런 설명이 마음에 든다면, 환영한다. 여러분에게는 SF 마니아의 자질이 있다.

게임 미케니즘을 세계관 안에서 설득력 있게 제시하는 사례는 SF 게임에서 좀 더 자주 보이는 것 같다(판타지 배경 게임에서도 주인공이 신의 축복을 받은 특별한 존재라서 죽어도 되살아난다든지 하는 식으로 설명을 붙이곤 하는데, 음… 그래도 '하이페리온 뉴-유 스테이션' 쪽이 조금 더 설득력이 있지 않나?).

그렇게 게임 속에서 모두가 적당히 넘어가주던 비현실적인 죽음과 부활은 악덕 기업의 클론 재구성 스테이션으로, 눈앞의 번쩍거리는 정보 홀로그램은 포커스로, 지도와 퀘스트 로그는 핍보이로 재탄생한다. 사소한 설정을 덧붙인 것뿐일지 몰라도, 그 작은 요소들이 부여하는 몰입감은 그 세계를 한층 더 실감나게 만든다.

다시 톨백 이야기로 돌아가자면, 「호라이즌 제로 던」 시리즈에서 기계들이 왜 하필이면 지구의 포유류와 파충류와 새를 닮은 모습인지에 대해서도 상세한 설정이 있다. 대체 왜 이 기계 짐승들이 지상을 점령하는 우점종이 되었는지를 알아가는 것이 이 게임의 중심 스토리이기도 하다. 게임 기획 구조상 이야기가 먼저 있고 콘셉트가 나오는 게 아니라, 아트 콘셉트—즉 지상을 점령한 기계 짐승들—가 먼저 나오고 이야기는 나중에 덧붙여진 것일 텐데도, 제작자들은 이 기계 짐승을 정말 있을 법한 존재, 그럴싸한 존재로 만들기 위해 이야기 전체를 통해, 그리고 디테일 하나하나를 통해 힘을 실었다. 그리고 나는 그 덧붙여진 설정 덕분에, 이 세계를 조금 더 진실로 믿게 되었다.

비현실을 현실로 믿게 만드는 힘은 때로는 이야기 전체에, 또 이따금은 작고 사소해 보이는 설정 하나에 깃들어 있다. 내가 이야기를 쓸 때도 나는 나와 비슷한 독자들을 상상하면서, 이야기 전체에는 꼭 필요하지 않은 세부요소들을 종종 덧붙인다. '설명된 비현실'에 매료되는 나의 마음을, 이야기를 쓸 때도 다시 불러낸다. 누군가는 이 사소한 설명, 사소한 거짓말에 조금은 더 혹해주기를 바라는 마음으로. 어쩌면 게임을 만드는 사람들도 그 세부 요소들이 결정적이지는 않다는 걸 알면서도, 이 세계를 더 생생하게 만들고 싶은 마음으로 고민을 거듭하고 있는지도 모르겠다.

그래서 나는 그 가상 세계 속에 심긴 공들인 거짓말들을 눈여겨 살핀다. 현실과 조금쯤 이어진 사소한 조각들에 시선을 빼앗기고, 비현실이라는 것을 알면서도 그 세계에 마음을 준다. 그러면서 상상한다. 어느 다른 우주에서는 정말로 이 인간 문명이 한순간에 사라지고, 그 위를 식물들이 뒤덮은 나음, 사가 조립된 기계 짐승들만이 지상을 유유히 거닐겠지. 자신의 손으로 무너뜨린 문명에 대한 안타까움을 느낄 인간들조차 남아 있지 않겠지. 하지만 그 세계는 분명 아름다울 텐데. 지금 이 톨넥 위에서 바라보는 풍경과 비슷할까?

그 꿈은 종료 버튼을 누르면 깜빡하고 흩어지지만, 그래도 여전히 한 겹 세계 위에 있다.

세계를 경험하는 것

게이머들은 게임을 SF, 판타지 히는 식으로 잘 분류하지 않는다. 게임의 보편적인 분류 기준은 플레이 방식이다. 1인칭 시점으로 총을 쏘는 게임이면 FPS, 개성 있는 캐릭터와 성장 시스템이 있다면 RPG, 모의 실험장에서 플레이어의 선택에 따른 현실적인 결과를 본다면 시뮬레이션, 그 외 퍼즐, 액션, 어드벤처… 이런 식이다. 갈수록 게임 하나에 여러 장르가 섞이는 편이라 명확하게 분류하기가 점점 어렵지만, 어쨌든 소재나 세계관을 기준으로 분류하는 건 흔치 않다. 호러 게임은 매니아층이 있어서 (반대로 나처럼 호러라면 무조건 기피하는 사람들도 있어서) 플레이 방식이 달라도 호러 게임들끼리 종종 묶이기도 한다. 하지만 SF 게임은 장르 태그가 있긴 해도 특별히 SF 게임을 찾는 사람은 많지 않다(가끔 나 같은 사람을 제외하고는).

그럼 SF 게임이 게임 세계에서는 비주류라는 뜻일까? 아니, 그 반대다. 오히려 베스트셀러 중에 SF 게임이 아주 흔하다. 게이머들 중에는 소재나 세계관과 별개로 플레이가 재미있으면 뭐든 해보는 사람이 많기 때문에 특별히 'SF 게임'이라는 라벨을 붙이지 않는 쪽에 가깝다(SF라서 안 읽는다는 소설 독자는 봤지만 SF라서 안 한다는 게이머는 본 적이 없다). 사실 나는 소설가로 데뷔하기 오래전부터 게이머였으므로, SF가 소설계의 기피 장르라는 것을 잘 납득하지 못했다.* 한국은 「스타크래프트」의 나라인데 어째서? 차차 이야기하겠지만, 여기에는 여러 이유가 있다. 게임을 좋아하는 사람들과 독서를 좋아하는 사람들이 그렇게 많이 겹치지 않기도 하고, 무엇보다 게임과 소설의 서사 구성이나 전달 방식이 아주 다르다는 이유가 크다.

어쨌든 게임 세계에서 SF는 처음부터 중심에 있었다. 비디오게임의 시초 중 하나**는 MIT 학생들이 만든 「스페이스워!」라는 게임으로, 제목부터가 '우주 전쟁'이다. 1962년에 공개된 이 게임은 판매용이 아니었지만 코딩 커뮤니티에서 인기가 높아 빠르게 퍼져나갔고 이후 여러 버전으로 개조되었다(이처럼 비디오게임의 초기 타깃은 새로운 기술에 익숙한 젊은 세대였고 게임 속 오버테크놀로지는 이들에게 반가운

---

* 　내가 작품 활동을 시작한 시기의 일이고 다행히 2024년 기준으로는 한국 소설계에서도 SF가 딱히 기피 장르는 아니다. 진입 장벽은 있지만.

** 　엄밀히 말하면 최초의 비디오게임은 아니지만, 학술 연구 등의 목적으로 단일 시스템에서만 시연되는 대신 외부로 확산된 비디오게임으로서는 최초였다.

유 수였을 것이다). 오릭 길 아케이드 게임의 전성기를 연 게임은 타이토에서 출시한 「스페이스 인베이더」이고 또 다른 우주 테마 게임인 「아스테로이즈」도 엄청난 인기를 끌었다. 이 초기 아케이드 게임들의 비주얼이 당시 제작되던 SF 영화에 영향을 미치기도 했다. 비디오게임이 콘솔과 PC 위주로 넘어오면서는 말할 것도 없다. 비디오게임의 길지 않은 역사에서 의미 있는 족적을 남긴 수많은 게임들이 SF이고, 지금도 가장 인기 있는 타이틀 중 상당수가 SF다.*

현실과는 다른 고유한 규칙이 작동하는 시공간이 배경이라는 점에서, 게임은 SF가 다루는 가상의 세계와 도구들을 보여주기에 매우 적합한 매체다. 우주선, 외계 행성, 로봇, 사이보그와 사이버펑크풍 도시가 게임에서는 아주 흔하다. 초기 비디오게임 제작자들은 SF 마니아인 경우가 많았고 자신이 좋아하던 SF 요소들을 게임 속에서 구현하곤 했다. 하지만 게임과 소설은 매우 다른 매체이고, 그것이 SF 게임과 SF 소설의 차이를 만들어낸다.

---

* 2023년 스팀 인기 순위 10위권 내에 「스타필드」,
「사이버펑크 2077」, 「데스티니 2」가 있고, 판타지와 SF
요소가 섞인 게임까지 센다면 수는 더 늘어난다.

사실 게임에서 '서사'는 필수 요소가 아니다. 오락실 게임들을 생각해보면 더욱 그렇다. 우주선으로 적의 우주선을 박살내거나, 무엇이든 삼키는 팩맨으로 쿠키를 먹어치우거나, 위에서 떨어지는 서로 다른 모양의 조각들을 한 줄씩 꽉 채워 없애는 것에는 복잡한 서사가 필요하지 않다. 그냥 그 자체로 게임은 재미있다. 게임이 더 복잡해지고 화려해져도, 여전히 게임의 핵심 요소는 '플레이'다. 지금 인기를 끄는 게임들 중에도 전통적인 형식의, 내러티브가 없거나 약한 게임이 꽤 많다. 몬스터를 수렵하는 「몬스터 헌터」나 물감 총으로 영역을 탈환하는 「스플래툰」 같은 게임을 하면서 대단한 서사를 기대하지 않는다. 독특한 세계가 있고, 즐거운 플레이를 제공해줄 수 있으면 서사야 적당한 설탕 코팅에 그쳐도 족하다.

그럼에도 점차 많은 게임 제작자들이 게임 속에 아름답고 깊이 있는, 때로는 감동을 주는 이야기를 담고 싶어 한다. 게임의 규모를 비롯해 결과물에 대한 기대가 커질수록 게임은 서사와 강렬하게 결합하는 경향이 있다. 실제로 게임의 핵심이 플레이라고 해도, 그 위에 어떤 서사가 더해지느냐에 따라 플레이어의 경험은 완전히 달라질 수밖에 없다. 예컨대 포탈건을 쏘아서 포탈을 만들어 공간 퍼즐을 푸는

「포털」 시리즈는 퍼즐 메커니즘만으로도 매력적인 게임이지만 '애퍼처 사이언스'라는 연구소의 피실험자가 되어 이 연구와 오퍼레이팅 AI의 비밀을 알아간다는 이야기를 더해서 게임의 재미를 극대화했다. 만약 이 게임이 단순하게 포탈건을 이용해 퍼즐을 풀기만 하는 게임이었다면, 아마 이렇게까지 인기 있는 게임은 되지 못했을 수도 있다. 내 경우는 퍼즐 게임을 원래 좋아하지 않는 편인데도, 「포탈 2」의 시나리오가 좋다는 말을 듣고 샀다가 하나씩 풀리는 이야기를 더 따라가고 싶어서 시키는 대로 열심히 포탈건을 쏘며 게임을 붙잡고 있었던 경험이 있다.

　게임의 스토리텔링 방식은 독특하다. 소설은 읽고, 영화와 드라마는 본다. 그러나 게임은 플레이한다. 영화와 드라마를 볼 때 우리는 수동적이며, 소설 역시 영상보다 조금 덜하다고는 해도 받아들이는 입장이다. 반면 게임은 적극적으로 행동하지 않으면 이야기를 진행시킬 수조차 없다. 게임은 플레이를 통해 이야기를 전달한다. 그런데 재미있는 건, 게임을 플레이하기 위해 게임이 품고 있는 이야기를 '잘' 이해하는 것이 꼭 필수적이지는 않다는 것이다. 대부분의 게임에는 인물의 대사나 컷신(cutscene)*을 '스킵'하는 기능이 있다. 보통 다회차 플레이어를 위한 기능이라고는 하지만, 처음 플레이를 하는 게이머들도 종종 이 스킵 버튼을 연타한다. 우리가 현실에서 우리 삶의 서사를 잘 이해하지 못해도 그냥 살아갈 수 있는 것처럼, 게임에서도 앞뒤 이야기를 잘 알지 못해도 플레이를 할 수 있고, 심지어 즐길 수도 있다. 이 세계가 대체 뭔지, 지금 대화를 나누는 인물의 배경과 과거는 어떤지, 심지어 주인공이 앞으로 해야 할 일은 무엇인지에 대한 정확한 이해가 없더라도 말이다. 영화나 드라마, 소설을 볼 때 앞의 이야기에 대한 이해가 없다면 다음 장면을 멍하니 보거나 책장을 넘기는 것조차 고역이라는 사실을 생각해보면 게임의 이런 특징은 흥미롭다.

*

게임의 내러티브 표현 방식에 큰 영향을 미친 「바이오쇼크」라는 시리즈가 있다. 처음 두 편은 수중도시 '랩처', 세 번째 편은 공중도시 '콜롬비아'를 배경으

---

*　배경 스토리를 설명하거나, 플롯을 진행시키거나,
　플레이어가 달성해야 할 목표를 설명하기 위해 보여주는
　영상. 이벤트 신(event scene)이라고도 한다.

로 펼쳐지는 게임으로, 수상한 도시에 도착한 주인공이 이 기묘한 도시의 정체와 이곳에서 일어난 일의 진상을 알아내고 도시를 탈출하는 과정을 그린다. 사실 이렇게 단순하게 요약할 수 없을 정도로 「바이오쇼크」 시리즈의 스토리는 복잡하고 철학적이며 많은 생각을 요구한다. 그런데 이 게임의 스토리는 플레이어가 강제로 보게 되는, 즉 대사나 컷신을 통해 무조건 보고 넘어가야 하는 방식보다는 주로 '오디오 로그'를 통해 전달된다. 플레이어가 도시 곳곳을 탐사하며 과거에 특정 사건들이 있었던 장소에서 음성 기록물을 수집하면, 기록을 읽는 목소리를 통해 과거 사건들을 알려주는 것이다.

이 오디오 로그는 「바이오쇼크」의 전신인 「시스템쇼크」에서 처음 시도됐는데, 「바이오쇼크」가 대성공을 거두면서 이런 방식의 비선형적이고 파편화된 스토리텔링, 즉 수집 가능한 일기, 오디오, 이메일 등으로 단서를 조합해 플레이어가 이야기를 능동적으로 짜맞춰가야 하는 방식이 비디오게임계에 자리 잡았다. 이후 많은 게임들, 특히 독자적인 시공간 세계를 배경으로 플레이어에게 어느 정도 자유도를 부여하며 꼭 순차적으로 진행하지 않아도 이야기 끝에 도달할 수 있는 여러 게임들*이 이런 방식을 채택했다. 「바이오쇼크」에서는 뛰어난 '환경 스토리텔링'도 볼 수 있는데, 랩처와 콜롬비아라는 기묘한 도시가 가진 역사를 대사나 텍스트가 아닌 게임 속에서 맞닥뜨리는 여러 사물과 배경, 건축 디자인, 액자 속 그림, 벽화와 같은 시각적인 요소로 탁월하게 전달하고 있다.

여기서 중요한 건 게임 속 이야기가 플레이어에게 강제로 주어지지 않는다는 것이다. 이야기는 선택 가능한 옵션이다. 플레이어는 도시를 구석구석 탐사하며 흩어진 노트나 쪽지 혹은 오디오 기록이나 홀로그램 등을 수집하고 이를 토대로 파편적인 정보들을 나름대로의 이야기로 끼워 맞출 수 있다. 하지만 이런 것들을 하지 않아도 게임은 진행할 수 있다. 퀘스트에 따라서 수집한 정보를 읽고 이해하는 것이 요구되기도 하지만 그건 정말 일부에 불과하고, 대부분의 이야기 조각들은 그냥 흩어져 있다. 이것을 수집할 것인지, 안 할 것인지, 수집하고 이해까지 할 것인지의 선택은 대체로 플레이어의 자유다. 심지어 오디오

---

* 보통 플레이어가 퀘스트를 자유롭게 따라갈 수 있고 공간 탐사의 자율성이 높다는 점에서 '오픈월드' 게임이라고 불리는 게임들이지만, 꼭 오픈월드 게임만 이런 방식을 채택하는 것은 아니다.

나 홀로그램 로그를 재생하더라도 플레이어는 계속 이동하거나 액션을 취할 수 있기 때문에 당장의 전투에 정신이 팔린 나머지 방금의 기록에서 어떤 이야기가 나왔는지 전혀 이해하지 못할 수도 있다. 수많은 조각들이 모여 게임 속 세계와 서사를 구성하지만, 그것들을 수집하지 않아도, 혹은 자세히 들여다보지 않아도 게임은 앞으로, 계속 앞으로 나아간다.

나는 게임의 이런 스토리텔링 방식이 현실에서 우리가 살아가는 방식과 닮아 있어서 재미있다고 느낀다. 삶에는 많은 이야기 조각들이 있다. 원한다면 이것을 서사화할 수도 있다. 하지만 우리 대부분은 굳이 그러지 않는다. 삶이 이야기가 되는 것은 조각들을 끼워 맞추려고 애쓸 때나 가능한 일이다(현실의 작가, 특히 내러티브 논픽션을 쓰는 작가는 이 조각들을 서사화하는 사람이라고도 할 수 있겠다). 우리는 그냥 살아간다. 도처에 있는 정보와 사건과 이야기를 스쳐 지나간다. 마찬가지로 게임 속에서 플레이어도 이야기를 대충 흘려듣고 게임을 플레이할 수 있다. 심지어 그런 플레이가 즐거움을 줄 수도 있다. 하지만 일단 발견하려고 노력하기만 한다면, 어마어마하게 많은 이야기를 목격할 수 있다.

그런 의미에서 게임이라는 매체는 '세계를 경험

하는 것'과 가장 유사한 경험을 주는 게 아닐까. 어떤 소설이나 영화를 보고 '무슨 일이 일어난 건지 도무지 모르겠다'라고 하면 '제대로 본 게 맞냐'는 타박을 들을지도 모른다. 하지만 플레이어가 게임 스토리를 불완전하게 이해한 채로 엔딩을 봤다고 해서 뭐라 할 사람은 없다. 게임은 어디까지나 경험에 우선순위가 있고, 서사는 후순위인 매체인 것이다. 플레이어는 게임 스토리를 이해하지 못해도 그 삶(세계)을 살아볼 수 있다. 일단 경험한 이후에 그 경험에 대해 다시 생각해볼 수 있다. 주어진 미션을 완수하고, 지나가는 NPC*들에게 말을 걸고, 일기와 오디오 로그를 수집했을 당시에는 그 행위들이 어떤 의미인지 모르다가 일지를 살펴보며 뒤늦게 이해할 수도 있다. 한편 게임이 끝난 후에도 그 모든 것들을 알아차리지 못한 채 그냥 까맣게 잊어버릴 수도 있다. 그러다 오랜 시간이 지난 어느 날 누군가 그 게임에 대해 이야기하는 것을 들으며 그 조각들이 사실은 어떤 이야기의 일부였음을 깨닫게 될지도 모른다.

요즘 나는 「사이버펑크 2077」이라는 게임을 열

---

* 'Non Player Character'의 약자로 플레이어 캐릭터가 아닌 캐릭터를 가리킨다.

심히 하고 있다. 사실 이 게임은 출시 당시 도저히 플레이가 불가능할 정도로 버그가 많아 엄청난 지탄을 받다가, 제작사의 사후 수습으로 갑자기 훌륭한 게임 대열에 올라선 게임이기도 하다. 사실 나도 '그거 버그 많은 게임 아니야?' 정도로 생각했다가 작년 중국 청두에서 열린 '세계SF대회'에 갔을 때, 이 게임의 디지털 만화가 '최우수 그래픽 스토리 및 코믹' 부문에서 수상을 하자 청중들이 특별히 큰 환호를 보내는 것을 보고 궁금해서 플레이하게 되었다.

　「사이버펑크 2077」은 '나이트 시티'라는, 온갖 범죄와 부조리로 가득 차 있지만 동시에 생동감이 넘치는 거대 도시를 배경으로 한다. 높은 고층 건물과 가로등, 도로와 외진 골목, 그리고 그 사이를 바쁘게 걸어가는 직장인들과 술에 취해 비틀거리는 행인, 서로 삿대질을 하는 경찰과 범죄자들까지 무척 구체적이고 생생하게 구현되었다. 플레이어는 나이트 시티를 종횡무진하며 문제를 해결하고, 때로는 문제를 직접 일으키기도 한다. 메인 퀘스트만 따라가도 이 도시가 어떤 곳인지 대강은 알게 되지만, 그것만으로는 이 도시를 정말로 경험했다고 할 수 없다. 도시는 플레이하며 자연스럽게 보게 되는 대사와 컷신 외에도 온갖 방식으로 플레이어에게 말을 걸어온다. 거대한 광고판과 네온사인, 뒷골목의 그래피티, 방송, 전화, 이메일, 문자, 바닥에 버려진 데이터 조각인 샤드(Shard) 등 실존하는 도시처럼 나이트 시티는 이야기로 범람한다. 나는 메인 퀘스트를 따라가느라 다른 이야기들을 그냥 지나치곤 하지만, 이 도시에 내가 아직 알지 못하는 이야기가 수도 없이 많다는 사실이 나에게 실재감을 느끼게 해준다. 어딘가 어느 차원에 나이트 시티가 정말로 실재한다는 선명한 느낌. 언젠가 나는 그냥 스쳐 지나간 골목으로 되돌아가 그곳의 이야기 조각을 다시 살펴보게 될지도 모른다. 하지만 그러지 않을 수도 있다. 나의 선택과 무관하게 그곳에 이야기 조각이 존재한다는 것, 그 사실이 나이트 시티를 정말 실재하는 세계처럼 만든다.

나는 게임을 좋아하지만, 소설을 쓸 때 게임의 스토리텔링을 참고하지는 않는다. 전달 방식이 너무 다르기 때문이다. 게임의 비선형적이고 파편적인 서사 방식은 소설에 적용하기에는 무리가 따른다. 하지만 SF가 모든 장르 중에 '세계'를 가장 강조하는 장르라는 점을 생각해보면, SF 게임은 확실히 나에게 많은 영감을 준다. 게임은 '세계성(worldness)', 그 세계가 존재하며 내가 그곳에 실제로 존재하는 듯한 감각을 선사한다. 그것은 게임만이 줄 수 있는 세계를 경험하는 또렷한 느낌이다.

나는 게임 속에서 낯선 공간을 통과하고 횡단하며 내달린다. 때로는 멈추어 서서 여기저기 흩어진 이야기 조각을 수집하고, 사람들에게 말을 걸고, 자판기에서 쨍그랑 떨어진 캔을 줍고, 부서진 건물 파편 틈을 들여다본다. 문득 내가 무작정 나아가다가 놓친 것이 이 세계에 얼마나 많은지를 깨닫고, 한편으로는 아직 발견할 이야기가 더 남아 있다는 사실에 기분이 좋아진다. 그러다 소설을 쓸 때 한 번씩 그 즐거움을 되새겨본다. 생생함, 정말로 이 공간에 내가 존재한다는 느낌, 그것이 내 이야기를 읽는 독자에게도 조금쯤은 전달되기를 바라면서.

이 모든 것은 거짓말,
그래도 이 세계는 선명하게 아름답고

어렸을 때 'RPG 만들기'라는 툴로 만든 게임늘을 즐겼던 적이 있다. 프로그래밍 지식이 없어도 제공되는 기본 소스만으로 간단한 게임을 만들 수 있는 게임 제작 툴이었다. 맵을 위한 도트 타일과 오브젝트, 간단한 초상화나 몬스터 일러스트, 효과음 등이 제공되었고 레벨과 스킬, 턴제 전투*를 구현할 수 있는 기능도 있었다. 당시 아마추어 게임 제작자들은 여기에 스크립트를 더해 실시간 전투라든지 직접 제작한 유저 인터페이스 같은 것을 구현하기도 했다.

다른 사람들이 만든 게임을 해보다가 나도 이 제작 툴을 직접 만지기 시작했다. 게임을 만든다는 건 생각보다 짜릿했다. 처음에는 제공되는 기본 소스만 써서 전사 '알렉스'가 모험을 떠나 마을 밖에서 마주친 불꽃 슬라임을 때려잡는 게임을 만들었다가, 조금씩 다른 것을 더하는 법을 배웠다. 열 살 때였나, 주인공이 무의식의 방을 탐색하며 열쇠를 찾고 NPC들과 뜻 모를 철학적인 대화를 나누는 게임을 만들었다. 총 플레이 시간이 20분쯤 되는 데모판을 올렸더니 댓글이 몇 개 달렸다. "재미있네요. 이다음도 기대

---

* 턴(turn)+제(制)+전투. 순서대로 번갈아가며 진행하는 전투를 말한다.

할게요!" 하지만 다음은 없었다(그 커뮤니티에는 그렇게 '다음'을 기대하게 만들어놓고 간데없이 사라져버린 아마추어 창작자들이 수두룩했다). 계속하기에는 장벽이 느껴졌다. 자체 스크립트를 익히긴 했지만 게임 제작을 제대로 하려면 프로그래밍 언어를 배워야 할 것 같았다. 그런데 별로 끌리지가 않았다. 지금 생각해보면 사실 취미 정도면 프로그래밍에 능숙하지 않아도 됐을 텐데…. 아무튼 거창한 오해였지만 한편으로는 다행인 오해이기도 했다. 나중에 대학에서 프로그래밍 수업을 들었을 때, 나는 예체능보다 프로그래밍이 한층 더 재능의 영역에 속한다는 것을 느꼈다. 혹시나 어린 시절 그걸 하겠다고 설치다가 그쪽 분야로 가기라도 했으면 무슨 끔찍한 일이 내 삶에 벌어졌을지… 아무튼 지금은 결국 돌고 돌아서 다시 뭔가를 만드는 일로 왔으니, 당시 경험했던 '내 세계를 구현하는 즐거움'만큼은 나에게 깊은 인상을 남긴 건지도 모르겠다. 게다가 어떻게 된 일인지, 나의 막내 동생도 어릴 때부터 혼자 게임 제작에 몰두하더니, 중학생 때 직접 개발한 인디 게임을 해외에 잔뜩 팔고(그때 우리 가족 중 막내가 가장 부자였다) 지금은 게임 개발자로 일하고 있다. 혹시 이런 것들에 끌리는 가족력이라도 있는 건가?

어쨌든 그렇게 한동안 아마추어 게임에 대해서는 잊고 살다가, 고등학생 때 「아오오니」라는 게임의 실황 영상을 보게 됐다. 주인공이 수상한 저택에 들어섰다가 괴물 아오오니에게 쫓기는 게임으로 보기만 해도 소름 돋는 아오오니의 비주얼, 할 수 있는 일이라곤 도망다니다 장롱 속에 숨는 것뿐인 무력감, 그리고 실황 게이머의 비명과 호들갑이 절묘하게 어우러진 영상이 인기를 끌었다. 나는 공포 게임을 싫어하므로 해볼 생각은 없었지만 그럼에도 무심코 시선이 간 이유는 게임 형태가 익숙해서였다. '어라, 이거 'RPG 만들기'*로 만든 거잖아?' 특징적인 도트 그래픽과 타일 형태의 맵, 익숙한 캐릭터 움직임 때문에 곧바로 알아볼 수 있었다.

　　나중에야 알게 된 거지만 그때는 「아오오니」를 비롯한 RPG 메이커로 만든 호러 게임들이 인기를 끌면서, 그와 동시에 1인 제작자와 소규모 스튜디오가 만든 인디 게임들이 세계적으로 주목받기 시작하던 시기였다. 'RPG 메이커', '게임메이커 스튜디오'처럼 접근이 쉬운 게임 개발 툴로 직접 게임을 만드는 사람들이 늘었고 스팀과 같은 온라인 게임 유통 플랫

*　　그때는 'RPG 메이커'로 정식명이 바뀌어 있었다.

폼으로 인디 게임의 판로가 생기면서 게임 시장에 큰 변화가 일어났다. 지금 게임 업계는 AAA게임*과 인디 게임으로 양분되어 있다고 할 정도로 인디 게임의 영향력이 큰데, 그 변화가 2000년대 후반에 시작된 것이다.

얼마 지나지 않아 어렸을 때 내가 만지작거렸던 익숙한 레트로 픽셀 그래픽의 게임들이 전 세계에 판매되기 시작했다. 「투 더 문」도 그중 하나였다. 트레일러를 보며 "오, 이걸로도 상업작을 만들 수 있는 거였어?" 하고 신기해하던 순간에는 아직 몰랐다. 내가 이 게임을 그렇게 좋아하게 될 줄은(이다음부터는 「투 더 문」 시리즈에 대한 약한 스포일러가 있다).

*

「투 더 문」은 '지그문트 인생 형성 사무소'라는 회사에서 파견된 닐과 에바가 어느 저택에 도착하며 시작된다. 이 회사는 의뢰인의 소망을 이루어주고 인생을 다시 살아볼 수 있게 해주는데, 대신 그 모든 것은 오직 뇌 안에서만 일어난다. 특수 장비를 이용해 기

---

* 대규모 자본이 투입된 대형 게임.

억 깊은 곳에 의뢰인의 소망을 심고 그것이 정말 이루어졌다고 믿게 만드는 것이다. 매우 어렵고 섬세한 작업인 데다 기억이 완전히 바뀌기 때문에, 이 작업은 오직 사망 직전에만 가능하다. 닐과 에바는 경험이 많은 전문가로, 이번에는 의뢰인 조니 H. 와일즈를 만나러 저택에 온 것이다. 물론 조니는 침상에 있고 임종 직전이다. 그런데 문제가 있다. 조니의 소원은 '달에 가고 싶다'는 것이다. 하지만 그 외의 정보가 전혀 없다.

닐과 에바는 조니의 기억 속으로 진입한 후 노년의 조니를 만나 묻는다. "왜 달에 가고 싶은가요?" 하지만 본인에게 물어도 단서는 얻기 힘들다. 조니는 유명세를 원하는 것도, 돈을 원하는 것도 아니다. 스스로도 알 수 없는 이유로, 그냥 달에 가고 싶은 강렬한 소망을 품고 있다. 그러고 보면 조니의 저택에는 수상한 것들이 많다. 집 안에 종이로 접은 토끼들이 가득하다. 그리고 조니의 아내였고 먼저 세상을 뜬 리버의 존재도 있다. 조니는 대체 왜 달에 가고 싶은 것일까.

소망을 이루기 위해서는 소망을 심을 수 있는 기억 속 아주 적절한 시점을 찾아내야 한다. 결국 이 작업에는 의뢰인의 인생 전체에 대한 이해가 필요하다. 조니가 왜 달에 가기를 간절히 바라는지, 그리고 자신의 기억을 바꾸면서까지 그 소망을 이루고 싶은 이유는 무엇인지, 닐과 에바는 알아내야 한다. 플레이어는 닐과 에바를 조작하며 조니의 과거와 기억과 소망을 더듬어간다. 조니의 소망이 시작된 순간, 그리고 닐과 에바가 의뢰를 완수하기 위해 내린 선택의 순간에 도달할 때 전달되는 감정은 도저히 한두 마디로는 표현할 수 없을 만큼 강렬하다.

그런데 여기까지 보았을 때 근본적인 의문이 생길 수 있다. 지그문트 인생 형성 사무소의 판매 서비스, 즉 죽기 직전에 기억을 조작해 소망을 이뤄주는 것에 대해 '그게 대체 무슨 의미가 있어?'라는 의문이 끼어드는 건 어찌 보면 당연한 일이다. 사실 그 의문에 대한 나름의 답을 찾는 과정이 「투 더 문」뿐만 아니라 시리즈 후속작 전체를 관통한다. 「투 더 문」의 아이러니한 질문, 즉 '죽기 전 머릿속에서 인생을 다시 사는 것이 과연 의미가 있는가' 하는 물음에는 정답이 없기에, 플레이어들 사이에서도 의견은 몹시 갈린다. 죽기 전에라도 일생의 소망을 이루는 유일한 방법이라는 의미는 있겠지만, 결국 진짜로 바뀌거나 해결되는 것은 없으니 단지 자기기만(혹은 타인에 대한 기만)에 불과하지 않은가?

제작자들은 「투 더 문」의 후속작인 「파인딩 파라다이스」와 「임포스터 팩토리」에서 이 질문을 계속 이어가며 조금씩 다른, 그러나 나아간 답을 내놓는다. 제작자들이 처음부터 3부작의 내용을 모두 구상하고 있었는지는 모르겠지만, 그들이 이 시리즈를 만드는 과정에서 자신들도 반복해서 그 질문을 스스로에게 던지고 더 나은 답을 찾아냈다고 느꼈다. 시리즈가 시작되고 가장 근작이 나오기까지의 십 년이라는 시간이 아깝지 않을 만큼 가치 있는 답이었고, 나는 후속작들의 결론에 조금 더 마음이 갔다.

「투 더 문」 시리즈가 의뢰인의 과거를 추적해가는 과정은 다소 파편적이다. 닐과 에바는 현재와 가장 가까운 기억에서 과거로 거슬러 올라간다. 기억 속에서 인물의 대화를 잘 듣고 맵을 돌아다니며 기억의 조각을 모은 다음, 이 조각을 합쳐 '기념품'을 찾고, 그 기념품이 엮인 더 과거의 기억으로 넘어간다. 하지만 이 과정이 늘 매끄럽게 진행되는 건 아닌 데다가 때로는 먼 과거와 가까운 과거 사이를 뒤죽박죽 오가기도 하고, 무엇보다 기억의 파편들 사이에 무슨 일이 일어났는지는 추론으로만 알 수 있을 뿐이다. 이렇게 파편을 모아 한 사람의 일생을 꿰어 맞춰나가는 플레이 방식은 그 자체로 암시적이다. 인간의 기억은 결코 순차적이거나 연속적이지 않고 파편처럼 흩어져 있다는 것. 하지만 완전히 잊은 줄 알았던 어떤 순간들이, 단서 하나에 갑작스럽게 떠오르기도 한다는 것. 「투 더 문」의 플레이 방식은 우리의 기억 방식을 꽤나 닮아 있다.

물론 이런 플레이 방식이 「투 더 문」만의 고유한 것은 아니다. 게임의 서사는 조각을 모아 퍼즐을 맞추듯 진행될 때가 많다. 꼭 순차적으로 사건을 따라가지 않아도 전체 이야기를 이해할 수 있게끔 해야 하는, 퀘스트 줄기가 많은 큰 게임일수록 더 그렇다. 「투 더 문」 시리즈는 다른 게임에 비해 소설이나 영화에 가까운 선형적 서사이지만 그럼에도 흩어진 조각을 모아 전체 이야기를 맞춰나가는 방식을 쓴다. 「투 더 문」 시리즈가 인간의 기억과 그 기억이 구성되는 방식, 그리고 기억의 의미에 대해 직접적으로 묻는 게임이기 때문에, 이 플레이 방식은 스토리와 더욱 잘 어우러진다.

다른 게임과 달리 「투 더 문」은 전투나 액션 요소가 없는데, 다소 '게임성'이 부족하다는 피드백을 고려했는지 제작자들은 후속작 「파인딩 파라다이스」에서 전투나 액션 요소를 넣었다가 또 그다음 후속작 「임포스터 팩토리」에서는 그런 것들을 다 빼버리고 퍼즐도 최소화하는 등 여러 고민을 한 것으로 보인다. 어쨌든 게임 역사에는 맵을 돌아다니고 물건을 조사하고 말을 걸며 이야기의 진상을 밝혀내는 '어드벤처'라는 장르가 늘 자리잡고 있었고, 「투 더 문」 시리즈가 소설이나 영화가 아니라 게임이기 때문에 더 빛난다는 나의 생각은 여전하다. 기억 속에서 헤매다 조각을 찾아내고, 소박하더라도 작은 퍼즐을 맞춰 앞으로 나아가고, 복도의 액자와 책을 들여다보면서 그 의미를 추론해보는 과정은 눈앞에서 흘러가는 영상과는 달리 사건과 사건 사이 생각의 여백을 준다. 이 이야기는 그저 보이는 대신 '경험'할 수 있기에 더 아름다운 것이다.

한편 이 시리즈는 나에게 투박한 것과 세련된 것, 그리고 오래 남는 것에 대해 생각하게 했다. 비디오게임은 해가 다르게 성능이 좋아지는 하드웨어의 발전으로 급격한 질적 성장을 거듭해온 매체다. 어떻게 보면 비디오게임의 발전이 컴퓨터, 콘솔 하드웨어의 발전을 견인했다고 해도 과언이 아닐 거다. 그래서인지 게임은 십 년이 채 지나기도 전에 허름한 그래픽, 낡은 시스템과 조작감으로 어색함을 느끼게 되기 쉽다. 나도 「폴아웃」이나 「보더랜드」 같은 유명 시리즈를 최신작부터 먼저 했다가 과거작을 플레이하려니 불편하고 낯설어 제대로 이어가지 못했던 적이 있는데, 게이머들은 이런 느낌을 '역체감'이라고 표현하기도 한다.

그런데 온갖 실사영화 같은 게임이 쏟아지는 와중에 「투 더 문」 시리즈는 레트로 도트 그래픽만으로 승부를 보고 있다. 캐릭터는 달릴 수도 없고, 탐사할 수 있는 공간도 지극히 한정되어 있다. 여러모로 세련된 외관은 아니다. 그러다 점차 게임에 깊이 빠져들어 몰입했을 때 깨닫게 된다. 이 투박한 외관이야말로 이 이야기에 가장 잘 어울리는 형태일지도 모른다는 것을. 「투 더 문」의 외양은 오래된 도자기 같은 것이다. 투박한 그래픽에도 '불구하고' 아름다움을 느끼는 게 아니라, 그 투박함이 아름다움을 지탱한다. 그렇게 몇 년만 지나도 낡은 느낌을 주기 십상인 비디오게임계에서 「투 더 문」은 십 년이 지났어도 계속 아름다운 게임으로 회자되고 있으며, 아마 앞으로도 한동안은 그럴 것이다.

인디 게임을 할 때 나는 '이곳도 소설 세계랑 비슷하네'라고 종종 생각한다. 인디 게임이 스토리를 강조한다는 뜻이 아니라(오히려 전통적인 의미의 스토리랄 게 없는 게임이 더 많다) 제작자가 하고 싶은 걸 마음껏 했구나 싶은 부분들이 자주 눈에 띄어서

다. 종종 "넷플릭스 시대에 소설은 어떤 강점이 있을까요?"라는 질문을 받을 때, 나는 소설이 '큰돈이 안 된다'는 것 자체가 강점일 수 있다는 말을 반쯤은 진담으로 한다. 시작부터 대규모 자본이 투입되고, 그래서 어느 정도는 보수적으로 안전하게, 대중 취향에 맞추어 갈 수밖에 없는 매체들과 달리 소설은 소설가 한 명이 먹고살 수 있으면 어떻게든 작품이 나오게 되어 있다. 그렇기에 소설은 눈치를 덜 본다. 작가마다 쓰고 싶은 것과 대중성 사이에서 타협하는 정도는 다르겠지만, 적어도 투자금을 모두 회수하기 위해 억지로 흥행 코드를 넣거나 CG 비용을 줄이기 위해 원하는 장면을 빼야 하는 일은 없다. 그렇기에 소설은 덜 팔려도, 다양한 이야기가 시작될 수 있고 때로는 가장 개성 있고 뾰족한 이야기가 나오기도 하는 곳이다.

인디 게임을 하다 보면 아무래도 대형 게임과 비교되는 순간들이 있다. 이걸 이렇게 풀어나가면 더 재미있었을 텐데, 또는 이런 식으로 했다면 더 긴장감이 있었을 텐데, 속으로 훈수를 두다가도 문득 그런 생각이 든다. '뭐, 제작자들이라고 이걸 모르지 않았겠지. 나보다 게임에 대해서 훨씬 잘 알고 더 많이 고민한 사람들일 텐데, 그래도 결국 이렇게 하고 싶어서 한 거겠지.' 그러다가 나도 소설을 쓰면서 그냥 밀어붙였던 순간들을 떠올린다. 이렇게 쓰면 분명 호불호가 갈릴 텐데, 그래도 이번에는 이렇게 써봐야지, 결심했던 글들이 떠올라서 웃음 짓게 된다.

어쨌든 「투 더 문」 시리즈를 십 년간 따라왔던 경험은 나에게 이야기의 힘과 게임의 가능성에 대해, 무엇보다 픽션의 의미에 대해 생각해볼 수 있게 해준 기쁜 경험이었다. 「파인딩 파라다이스」에서 닐 와츠 박사는 말한다. "가끔은 우리의 기억과 그 안의 모든 것이, 우리 스스로에게 들려주는 허구일 뿐이라는 생각이 들어." 이야기는 허구와 진실에 대해 치열하게 묻는다. 기억을 조작하는 것이 기만인가 아닌가, 그 질문에서 필연적으로 파생되는 또 다른 질문들을 직면하는 것이다. 그런데 나는 이 이야기가 허구를 옹호하고 있다고 느꼈다. 때로 우리의 기억 속에서 허구와 진실은 구분되지 않으며, 그렇기에 허구도 진실만큼이나 의미를 가지는지도 모른다고.

그래서 이 말은 마치 모든 이야기 매체에 건네는 위로처럼 들리기도 했다. 우리는 허구를 만들고 있다고. 어차피 이 모든 것은 다 거짓말이라고. 그래도 이 세계는 선명하게 아름답고, 우리가 초대한 이들이 여기서 행복했다면, 이것은 가치 있다고. 마치 그렇게 말해주는 것 같았다. 물론 그 어구 속 행복은 짧고 허망하다. 언젠가 덧없이 사라지고 말 것이다. 그렇지만 어차피 삶도 그런 것 아닌가.

선택하기를 선택하기

인생에는 분기점이 있다. 보통은 갑작스레 닥쳐오고, 급히 결정하고 나면 돌이킬 수 없는, 그래서 시간이 흐른 후 '만약 그때 다른 선택을 했다면 어떻게 달라졌을까' 곱씹게 만드는 순간들이다. 비교적 사소해 보일지 모르지만 나에게도 그런 순간이 있었다. 열여덟 살 수능이 끝난 어느 오후, 마트에 간식을 사러 가던 길이었다. 휴대폰이 울려서 무심코 받으려는데, 낯선 지역번호가 눈에 띄었다. 054로 시작하는 번호였다. 나는 전화를 받는 대신 진동이 몇 번 더 울리도록 내버려뒀다. '받아야 하나? 받지 말까?' 문득 이런 직감이 들었다. '아, 이건 돌이킬 수 없는 결정 중 하나가 될 거야.'

그날 오전 나는 원하던 서울 소재 대학에 합격했다는 소식을 들은 참이었다. 드디어 지긋지긋한 고향 울산을 떠나 서울로 갈 수 있다니, 너무 행복했다. 이미 주위에 소문도 다 냈다. 이제 좋아하는 밴드의 라이브 공연도, 전시회도, 보드게임 모임도 매주 갈 수 있겠지. 그런데 휴대폰에 뜬 번호는 서울에서 온 전화가 아니었다. 짐작이 맞다면, 나는 갈 생각도 없고 합격하리란 기대도 없었던, 담임선생님의 권유로 생각 없이 원서를 넣었다가 면접을 망친 학교였다. 하지만 전화를 받아야 한다는 걸 알았다. 갈 거라고 생각한 적 없지만 붙었다면 가야 하는 곳이었다. 공부에 집중하기에는 최적의 환경이었고, 조건 없이 기숙사가 지원되니까 잘만 하면 등록금도 생활비도 안 들 거고, 왠지 몰라도 부모님도 이곳을 너무 좋아하고… 추가 합격 전화를 받지 않으면, 우선순위가 넘어간다는 사실도 알고 있었다. 나는 정신을 차리고 전화를 받았다. 짐작한 대로, 합격을 알리는 전화였다. 소식을 전하는 직원분의 목소리에 대충 "네, 알겠습니다, 등록할게요", 영혼 없이 대답했다. 안내해주시던 직원분이 농담처럼 덧붙였다. "축하해요. 그런데 학생은 별로 안 기뻐하는 것 같네요?" 아니, 그렇게 티가 났다니.

　전화를 끊고 나니 선택은 이미 내려져 있었다. 그날 나는 여기저기서 오는 축하 문자와 전화, 부모님의 기쁨을 뒤로하고 방에 침울하게 처박혀 있었다. 그렇게 나는 십대 내내 간절히 벗어나고 싶어 했던 지방을 떠나 또 다른 지방으로 가게 되었다. 더 보수적이고 답답할지도 모르는 곳으로…. 게다가 대학에 가서는 공부를 별로 열심히 안 할 생각이었는데, 그냥 놀고 싶었는데. 그런 철없는 이유를 이해해주는 건 나의 친구 두어 명 정도뿐이었고, 각자 합격의 희비가 엇갈리는 와중에 어디 토로할 수도 없어 혼자 울적해하던 기억.

　　꽤나 슬픈 선택을 한 것처럼 썼는데, 돌이켜보니 괜찮은 선택이었다. 지방에서 느낀 문화적 결핍이 나에게 글을 계속 쓰게 만들었고, 또 그런 환경을 보완하기 위해 학교에서도 기회를 많이 줬다. 여름방학 특강으로 시와 소설 창작 수업도 열렸고 교내에서 SF 공모전도 개최됐으니, 어쩌면 그런 계기들이 없었다면 SF 작가가 된 지금의 나는 없었을지도 모른다. 한편 다들 연구를 위해 대학원에 진학하는 분위기여서 나도 무심코 휩쓸려 석사까지 했다가 연구 체질이 아니라는 걸 깨달았지만, 그래도 대학원에서 많은 걸 얻었다. 연구실 생활을 하며 현실 도피로 소설 습작을 했고, 연구실에서 터득한 자료 조사 기술은 지금도 잘 써먹고 있다. 게다가 보수적인 환경과 공동체에서도 무언가를 바꾸기 위해 나서는 용기 있는 사람들을 만났고, 쉽지 않은 변화를 위해 노력하는 일이 더 가치 있다는 사실도 배웠다.

　　그래도 역시 '가지 않은 길'은 궁금하다. 가끔 가정해본다. 그때 전화를 받지 않았다면, 아니면 받고 등록하지 않겠다고 말했다면? 그럼 서울의 원룸 보증금과 월세, 생활비를 조달하느라 엄청 고생했겠지. 전공도 달라졌을 거다. 그 대학은 자연과학이 아닌 공학 계열로 지원했으니까. 그런데 공학은 아마 적성에 더 안 맞았을 거고, 도중에 진작 때려치우고 전공을 바꿨을지도. 석사 과정도 하지 않았을 테니, 현실 도피로 소설을 쓰는 일도 없었을 것이고, 그럼 소설가가 되지 않았으려나….

변수가 하나둘 더해지면서 상상은 복잡해진다. 선택 시뮬레이션은 끝도 없이 이어진다. 정말 그런가? 다른 학교에 갔으면 난 소설가가 되지 않았을까? 그때 나의 결정이 내 삶을 바꿀 만큼 유의미했을 것이라는 생각과, 고작 그 정도 결정에는 큰 의미가 없었을 것이라는 생각 사이에서 흔들린다. 모든 것이 정해진 결정론적 세계가 나을까, 아니면 나의 선택에 의해 마구 요동치는 세계가 나을까? 둘 다 묘하게 매력적인 구석이 있지만, 아마도 후자가 좀 더 인기 있을 것 같다. 게임에서 이 '선택과 결과'가 늘 중요한 테마로 다뤄지는 걸 보면 말이다.

＊

게임에서 우리는 선택할 수 있고, 그 선택의 결과를 볼 수 있다. '세이브 앤드 로드'를 통해 선택을 돌이킬 수도 있다. 게임은 거의 유일하게 향유자의 결정이 결과를 바꿀 수 있는 매체다. 그래서 게이머들도, 게임 디자이너들도 플레이어의 모든 선택이 게임에 큰 변화를 만들어내는 게임을 꿈꾼다. 「문명」 시리즈의 전설적인 디렉터 시드 마이어도 말했다. "게임이란 흥미로운 결정의 연속이다."

　　게임 플랫폼 스팀에는 '선택의 중요성'이라는 태그가 있다. 플레이어가 계속해서 선택하고, 그 선택이 게임에 영향을 미치고, 엔딩까지 크게 바꾸는 게임에 붙는 태그다. 내가 처음 접했던 '선택의 중요성' 게임은 「폴아웃 뉴 베가스」였다. 핵전쟁 이후 한번 망했던 세계에서 문명의 잔해를 수집하며 살아가는 사람들을 보여주는 이 게임은 세계관과 설정만큼이나 게임 시스템도 흥미롭다. 보통의 게임에서 퀘스트나 미션을 줄 때, 이 퀘스트를 해결하는 방법은 하나로 정해져 있거나(모리스 씨를 죽여서 금고 열쇠를 뺏자) 많아야 두 가지 정도인데 (죽이기 찝찝하면 뇌물을 주든지. 2만 골드는 필요하겠지만…) 「폴아웃」 시리즈는 그보다 훨씬 많은 선택지를 준다. 플레이어가 지금까지 키워온 다양한 기술이나 능력을 이용하거나, 화술을 이용해 설득하거나, 그 밖에도 아예 다른 인물을 찾아가 우회하는 등 여러 방법으로 문제를 해결할 수 있다. 심지어 전면전을 하지 않고도 평화로운 결말에 도달하는 것이 가능하다. 앞서 한 선택들이 뒤의 퀘스트에 영향을 주기도 한다.

이런 게임을 하다 보면 내가 한 선택 하나하나에 의미가 있다는 느낌을 강하게 받는다. 단순히 대사 선택지를 고르는 정도가 아니라, 이 대답이 내 캐릭터의 평판과 이후 게임의 전개에 영향을 주는 문제라고 할 때, 나는 선택에 더 신중해진다. 되도록이면 일관성 있게 움직이고 싶어진다. 하지만 때로는 혼란에 빠진다. 모든 선택이 중요한 건 아니기 때문이다. 보통 게임은 사소한 선택으로 가득 차 있고 이 사소한 선택들은 게임에 큰 영향을 주지 않는다. 나는 이런저런 선택을 해보다가, '아, 이 정도 선택은 그냥 마음 편하게 해도 되는구나' 하고 마음 놓고 그냥 웃긴 대화 선택지를 고르기도 한다.

그러다 어떤 게임은 갑자기 나를 진창에 처박는다. 말 한마디를 잘못했을 뿐인데 동료가 죽어버린다. 되살릴 수 없다. 중요한 진영을 적으로 돌린다. 세계가 망가진다. 사소한 선택인 줄 알았는데, 그 선택이 나에게 돌아와 칼을 들이밀고 있다. 그제야 알게 된다. 인생에서 어떤 선택이 나를 진창에 처박는지 그 순간에는 예상하기 힘든 것처럼, 게임에서도 마찬가지일 수 있다는 것을.

「디트로이트: 비컴 휴먼」은 선택과 결과 자체에 집중한 게임이다. 이 게임에서는 거의 모든 선택이 중요하고, 선택을 하는 것이 게임 플레이의 핵심이며, 심지어 매 챕터마다 플레이어의 선택을 다른 사람들의 선택과 통계 수치로 비교해서 보여준다. 「디트로이트: 비컴 휴먼」의 배경은 인간을 모방한 안드로이드가 보편화되어 실업률이 치솟은 미국 디트로이트로, 게임은 인간이 아닌 세 명의 안드로이드의 시점으로 진행된다. 수사 보조원 코너, 가정부 카라, 유명 화가의 비서 마커스의 시점을 오가면서, 플레이어들은 부당하게 학대받는 안드로이드들을 만나고 각 주인공의 문제를 해결하며 인간과 안드로이드 사이에서 선택을 하게 된다.

콘솔 특유의 조이패드를 잘 활용하는 게임이기도 해서, 작중에서 가정부 카라가 설거지를 하거나 바닥을 쓸 때 패드의 터치패널 위에서 닦는 동작을 한다든지, 오른쪽으로 피할 때 실제로 패드를 휙 오른쪽으로 돌려야 하는 등 재미있는 디테일이 많다. 하지만 역시 제일 재미있는 부분은 '선택'. 게임은 중요한 선택의 기점 앞에서 고민할 시간을 길게 주지 않는다. 길어도 몇 초 안에 지금 저 여자아이를 구할지 아니면 다음 기회를 노릴지, 폭탄이 터지는 왼쪽 길과

경찰이 잠복해 있을 오른쪽 길 중 어디로 갈지를 정해야 한다. 그렇지만 잘 정해야 한다. 내 선택에 사람들이 죽고 사는 문제와 안드로이드 혁명의 성공이 걸려 있으니까.

물론 SF 서사로 볼 때 「디트로이트: 비컴 휴먼」은 낡은 이야기이다. 인간이 되고 싶은, 또는 인간과 동등하게 대우받고 싶은 안드로이드 이야기는 지금까지 너무 많이 다뤄진 데다 안드로이드에 대한 폭력과 차별, 안드로이드의 감정을 표현하는 데 있어서도 이 게임만의 독창적인 부분은 없다. 하지만 이 게임이 스토리 자체가 아니라 '선택과 결과'에 초점을 맞추고 있다고 본다면, 「디트로이트: 비컴 휴먼」은 무척 흥미롭다. 게임은 분기 하나가 갈라질 때마다 제작 비용이 매우 높아지다 보니 선택권을 주는 척하지만 정해진 스토리를 따라가는 경우가 많은데, 「디트로이트: 비컴 휴먼」은 이 문제를 정면 돌파했다. 수많은 경우의 수와 그에 따른 결말에 대해, 모든 이야기를 다 구현한 것이다. 아마 이러한 게임 형식 때문에 이야기 자체는 독창적이기 어려웠을 것이다. 개성 있는 이야기는 이렇게도 저렇게도 풀릴 수 있는 사건이나 이런 말도 저런 말도 할 수 있는 인물이 아니라, 그렇게만 되어야 하는 당위성을 가진 사건과 꼭 그렇게 행동할 것만 같은 인물에서 나오니까 말이다. 이 '선택' 덕분에 게임의 이야기는 무난해졌지만, 플레이어는 이야기에 중요한 영향을 미치는 선택을 하는 경험을 얻을 수 있게 되었다.

　게임의 '선택과 결과' 구현이 현실적으로 어렵다는 이야기를 좀 더 해보자면, 게임은 제작 비용이 높은 매체라는 것을 짚고 가야 한다. 장면 하나하나마다 프로그래밍, 아트, 사운드, 시나리오 팀이 모두 붙어 리소스를 만들어내야 한다. 분기 하나가 갈라질 때 비용은 두 배가 되고, 가지치기를 시작하면 기하급수적으로 증가한다. 그래서 '선택과 결과'를 잘 반영한 게임은 주로 대형 자본이 투입된 게임인 경우가 많다. 선과 악 시스템, 동료와 진영 선택, 멀티 엔딩 등 어떤 방법으로 가더라도 시간과 비용을 감수해야 한다. 그래서 많은 게임들은 우회로를 쓴다. 플레이어가 선택을 할 수 있고, 그 선택이 게임에 영향을 미친다고 '느끼게' 만들지만 실제로는 정해진 루트로 흘러가는 것이다. 때로 플레이어들은 이런 게임의 결말에 실망하곤 한다. 선택할 수 있다고 생각했는데 사실은 내가 바꾼 게 없었음을 알게 되면, 그 결정에 들인 시간이 헛된 수고였다고 느낄 수밖에 없는 것이다.

그런데 만약 '선택과 결과'를 정밀하게 구현한 게임이 있다고 해도, 그건 진정한 의미에서의 선택일까? 어쩌면 다양한 루트가 존재하는 게임이라고 해도 플레이어들은 이미 짜인 '멀티 엔딩'의 판 위에서 놀아나는 것뿐인지도 모른다. 모든 것은 제작자들이 짜놓은 루트이기 때문이다. 기획 내용이나 투입된 비용, 개발 기간에 따라 그 결과가 얼마나 다양해 보이느냐의 차이일 뿐이지, 결국 '미래가 정해져 있다'는 것은 같지 않을까? 미묘하게 다른 스무 가지 버전의 소설 중 하나를 골라 읽는 것과 뭐가 다를까? 플레이어는 주어진 선택지 중에 하나를 강제로 택해야 하고, 때로는 원치 않는 선택을 해야 한다. 이런 근본적인 제약 때문에, 비디오게임은 마치 '선택과 결과'가 존재하는 것 같지만 사실은 자유로운 행동이 불가능한 결정론적 세계와도 같다는 분석도 있다.*

---

* 「비디오게임에서의 자유의지와 도덕적 책임(Free Will and Moral Responsibility in Video Games)」(2015)이라는 논문에서 저자 크리스토퍼 바텔은 게임 「그랜드 테프트 오토」를 분석하며 이 게임이 플레이어가 악행을 저지를 수밖에 없도록 자유로운 행동을 제약하고 있음을 보인다. 그와 동시에 바텔은 '행동의 자유'와 '의지의 자유'를 구분하면서, 행동의 자유가 제약되어 있는 게임 안에서도 플레이어가 그 행동과 플레이어 자신을 동일시하거나

「스탠리 패러블」은 이처럼 게임에 선택의 가능성이 있다는 '환상' 자체를 게임의 테마로 삼은 작품이다. 게임은 사무실에서 앉아 끊임없이 버튼을 누르는 것만이 유일한 업무인 '스탠리'가 주인공인데, 어느 날 스탠리에게 주어져야 할 업무 지시가 내려오지 않으면서 게임이 시작된다. 이 게임의 확장판이 최근에 나왔는데, 상점 소개글을 옮겨보면 이렇다.

> 플레이어는 스탠리로 플레이할 수도 있고, 스탠리로 플레이하지 않을 수도 있습니다. 선택을 하면 무력해질 것입니다. 여러분은 이기기 위해 여기에 있는 것이 아닙니다. 「스탠리 패러블」은 당신을 플레이하는 게임입니다.

스포일러를 피하기 위해 소개글에 맞추어 모호하게 말해보자면, 플레이어는 이 게임에서 스탠리가 되어 무언가를 선택할 수 있다. 하지만 그렇게 선택하더라도 그것은 플레이어를 무력하게 만든다. 선택

동일시하지 않을 의지의 자유는 지닌다고 분석하고 있다.

역시 게임 시스템이 이미 예상했던 바이기 때문이다. 플레이어는 게임이 의도한 경로로만 갈 수 있으며, 설령 그 경로 안에서 어떤 선택을 했다 하더라도 그것은 미리 정해진 길 위에 있다. 그렇다면 플레이어의 선택은 진정한 선택일까. 그런데 이쯤에서 나는 문득 이런 생각이 들었다. 만약 게임 플레이어의 선택이 단지 '선택할 수 있다는 환상'에 불과하다면, 그건 게임 밖 현실의 선택과 얼마나 다를까. 현실의 선택은 정말 게임보다 훨씬 자유로울까?

나는 오늘 공유 오피스로 출근해 늘 앉던 자리에 앉았고, 따뜻한 아메리카노를 마시며 이 원고를 쓰기로 했다. 내가 프리랜서이기 때문에 나에게는 좀 더 다양한 선택지가 있었다. 나는 출근하지 않을 수도 있었고, 느긋하게 카페에 가서 일할 수도 있었고, 이 원고가 아닌 다른 원고를 먼저 쓰기로 결정할 수도 있었다. 하지만 상대적으로 큰 자율성을 지닌 나에게도 선택은 한정되어 있다. 이왕 자유의지를 발휘하는 김에, 내일 푸른발부비새를 보기 위해 갈라파고스로 떠나보면 어떨까? 당면한 마감을 전부 취소하고 계약금을 전부 물어주고 종교에 귀의할 수도 있을까? 혹은 어제 새벽 내 카드를 도용해 13만 원을 마음대로 결제한 콜롬비아 유령 항공사에 직접 항의하기 위해 경호원을 고용한 다음 콜롬비아로 향하는 건?

아니, 그럴 수 없다. 어떤 의미에서 현실의 선택은 게임보다도 더 자유롭지 않다. 나를 둘러싼 환경과 내가 책임져야 할 사람들, 일들, 지금의 나를 있게 한 과거와 미래의 맥락이 나를 제약한다. 나는 현실의 개연성 속에서 움직인다. 내가 선택할 수 있는 건 갈라파고스 여행 유튜브를 보거나 카드회사에 도용신고 메일을 보내는 정도다. 과거에 나의 선택이었다고 생각했던 순간들조차도 온전한 내 선택이 아니었을 수 있다. 게다가 나의 자유의지는 지극히 개인적 범위에 한정되어 있다. 거대한 불평등과 전쟁과 기후위기 앞에서 나는 무언가를 선택할 수 있지만, 그 선택은 너무 작고 무력하며, 세계에 거의 영향을 미치지 못한다. 현실의 나에게 게임보다 더 큰 자유의지가 있다는 것이야말로 환상인지도 모른다. 거미줄처럼 촘촘히 나뉘어 있을 뿐 사실은 잘 짜인 판 위에서 조종될 뿐인 플레이어 캐릭터와 모니터 밖의 나는 얼마나 유의미하게 다를까.

재작년 어느 여름날 나는 「디스코 엘리시움」이라는 게임에 몰두해 있었다. 게임을 처음 켰더니 술에 잔뜩 취한 채 기억을 잃은, 창문 깨진 허름한 호텔에서 깨어난 벌거벗은 형사 아저씨가 주인공이었다. 그때 잠깐 게임을 그만둘까 생각했다. 이 아저씨를 플레이할 자신이 없는데… 게다가 이 주인공 해리는 자신을 버리고 떠나간 아름다운 전 연인 도라를 배신자 취급하며 끊임없이 신세 한탄을 한다. 해리 씨, 도라가 왜 떠났는지 안 봐도 알 것 같은데요… 그렇게 거리감이 느껴지는 주인공이었지만, 나는 곧 이 게임이 주는 혼란스러움에 몰입하기 시작했다.

　「디스코 엘리시움」의 게임 시스템은 인간의 마음속에서 일어나는 혼란과 충돌을 보여준다. 해리에게는 끊임없이 말을 걸어오는 스물네 개의 목소리(인격)가 있는데 이 목소리는 처음 게임을 시작할 때 고른 특성과 게임을 진행하며 얻는 경험치에 따라 점차 달라지고 발전한다. '백과사전'이라는 이름이 붙은 목소리는 세계에 대한 잡다한 지식을 알려주고 '소름'은 초자연적인 느낌을 빠르게 알아차리며, '공감'은 지금 대화 중인 상대에게 이입하여 그가 무슨 감정을 느끼고 무슨 생각을 하는지를 눈치 챌 수 있게 해주는데, 늘 이렇게 유용한 조언만을 주는 것은 아니다. 자기들끼리 정신없이 논쟁을 벌이거나 대뜸 해리의 생각에 끼어들어 엉뚱한 의견을 내고, 때로는 '주사위 굴림'에 실패해서 완전히 잘못된 조언을 내놓는다. 어떤 목소리를 키우느냐에 따라 해리의 내면은 논리적인 목소리, 감정적인 목소리, 직감과 예측으로 채워진다.

플레이어는 이 목소리들을 따라가면서도 신뢰할 수만은 없다. 게임은 엄청난 설정과 텍스트로 가득하기 때문에 혼란은 더욱 증폭된다. 해리는 자신이 살인사건을 수사하기 위해 레바숄에 파견된 형사라는 것을 기억해낸다. 아직 기억이 다 떠오른 건 아니지만, 동료 형사와 함께 사건 수사를 진행하면서 자신과 이 도시, 그리고 세계에 대한 이야기들을 수집한다. 그중 어떤 정보들(사상이나 개념, 이상한 인물)은 '생각 캐비닛'에 넣어서 숙고할 수도 있다.

수사 중인 살인사건은 알고 보니 개인적인 원한을 넘어서 레바숄이라는 곳의 정치사회적인 문제와 너무 복잡하게 엮여 있으며, 그래서 해리는 모르고 싶어도 레바숄에 대해 알 수밖에 없게 된다. 레바숄은 수십 년 전에는 번화한 수도였지만 공산주의 혁명으로 전복되고, 고작 며칠 만에 다시 다국가연합의 통치를 받게 된 쇠락한 혁명의 도시다. 온갖 사상의 충돌과 체념, 무력감이 도시에 짙게 깔려 있다. 플레이어의 선택에 따라 정해지는 해리의 내적 목소리들은 저마다 대화에 마구 끼어들며 이 세계를 해석하고, 해리의 인격을 구성하며, 그에 따라 해리는 말하고 행동한다.

그런데 「디스코 엘리시움」의 이런 시스템은 언뜻 '선택과 결과'라는 테마를 무척 개성 있게 잘 구현한 것 같지만, 한편 전형적인 '눈속임'이라는 비판을 받기도 한다(여기서부터는 「디스코 엘리시움」의 결말 스포일러가 있는데, 혹시 플레이 해볼 생각이 있다면 다음에 읽기를 권한다). 해리에게 엄청나게 많은 선택지가 주어지고 그 선택들이 중요해 보이지만, 이야기를 따라가보면 실제 외부 세계에 미치는 영향이 없기 때문이다. 게임은 플레이어의 선택에 따라 계속해서 변하고 영향을 받는 해리의 내면세계와 목소리들을 잘 보여주면서도, 정작 해리 외부에서 일어나는 모든 일들은 대부분 고정되어 있다. 선택할 수 있는 것은 많지 않다. 해리가 내적으로 무슨 생각을 하든, 해리가 무슨 말을 하든, 사건의 결과는 대충 정해져 있다. 게다가 정말 중요한 것은 살인사건 뒤에 숨어 있는 또 다른 사건이었음이 서서히 드러나는데, 여기서도 해리가 선택해서 바꿀 수 있는 것은 거의 없다.

나는 처음에 이 게임에 대한 불만들을 살펴보면서 플레이어가 선택이라고 생각했던 것이 사실상 큰 영향을 미치지 못했음을 알게 되면 기만이라고 느낄 수도 있겠다고 생각했다. 가뜩이나 게임이 체념과 패배주의, 무력감, 종말론적인 분위기가 가득한 도시를 배경으로 하는데, 해리의 선택조차 아무런 변화를 이끌어낼 수 없다고? 하지만 그와 동시에 재미있는 사실을 발견했다. 이 게임은 좋아하는 사람들은 엄청나게 좋아하는 게임이고, 다회차 플레이, 즉 한 게임을 두 번, 세 번 넘게 반복해 플레이하는 것이 흔하다. 나는 다회차 플레이를 잘하지 않는데, 다른 사람들의 후기를 살펴보다가 문득 신기한 사실을 깨달았다. '이 사람이 플레이한 해리는 내가 플레이한 것과 되게 다르네.'

　　다른 목소리, 다른 인격, 다른 생각으로 구성된 해리는 같은 사건을 겪으면서도 끊임없이 다른 내적 독백을 내놓는다. 첫 플레이와 다른 정치적 사상, 이념을 가진 해리로 플레이하기로 결심한다면 분명 같은 흐름인데도 경험하는 방식이 완전히 달라진다. 이야기는 어차피 고정되어 있고 선택할 수 있다는 것은 환상이라고 해도 내가 그것을 겪는 방식이 달라진다면 그것은 같은 이야기인가? 선택할 수 있다는 환상은 정말로 환상인가? 「디스코 엘리시움」은 나에게 그런 질문을 던졌다. 시작과 결말이 정해져 있어도, 선택이 외부 세계에 영향을 미치지 못하더라도, 경험하는 내가 그것을 느끼고 사고하는 방식이 달라질 때,

이야기는 다시 쓰인다. 그것은 모두 다른 이야기가 된다.

　또 한 가지, 「디스코 엘리시움」이 나에게 선택과 결과에 대해 남긴 생각 하나가 있다. 이 게임에는 다소 뜬금없는 서브퀘스트가 있는데, 게임 초반 호스텔에서 만나는 노인 레나는 남편과 함께 평생 미확인 희귀 동물을 쫓아다녔던 사람이다. 해리가 이 노부부를 돕기로 하면, 부부가 존재한다고 굳게 믿고 있는 미확인 희귀 동물에 대해 들을 수 있고 심지어 그것을 추적하는 것을 도울 수도 있다. 이 노부부는 체념과 패배주의가 지배하는 작중의 도시에서 유일하게 뚜렷한 목표를 가지고 희망을 잃지 않는 사람들인데, 그들이 좇는 목표는 남들이 보기에는 형편없고 우스꽝스러운 이상이다. 온갖 무겁고 진지한 사상과 이념적 충돌로 어지러운 이 도시에서, 존재하는지도 불분명한(사실상 없을 것이 확실한) 초자연적 희귀 동물을 찾아 나서는 이 노부부는 엉뚱하고 황당할 뿐만 아니라, 너무 순진해서 안쓰럽게까지 느껴진다. 그런데 해리가 이 노부부를 돕기로 선택하느냐 마느냐는 게임 내에서 가장 심오한 이벤트로 연결된다. 주요 사건과는 아무런 관련이 없어 보였던, 바보 같고 엉뚱한 이 노부부의 '이상'이 사실은 이야기의 핵심과도

맞닿아 있는 것이다.

　그래서 나는 「디스코 엘리시움」이 이렇게 묻는 것 같다고 생각했다. 너무나 무력하고 아무것도 할 수 없는, 선택이라고 믿었던 것들이 사실 아무런 의미도 없는, 종말론이 뒤덮은 사상의 폐허 같은 이 세계에서, 당신은 그럼에도 불구하고 우스꽝스러운 이상을 뒤쫓을 것인가? 게임은 그것이 옳다고 말하지 않는다. 단지 선택지를 줄 뿐이다. 어차피 고정된 사건은 변하지 않고, 해리가 할 수 있는 대단한 일은 없으며, 해리는 오직 내적 독백과 발언만으로 미미한 영향을 미칠 수 있을 뿐이다. 하지만 그럼에도 불구하고 해리가, 플레이어가 이상을 좇는 이들의 편을 잠깐이라도 들어준다면 어떤 일이 일어난다. 그 일은 세계를 바꾸지 않는다. 하지만 세계를 바라보는 해리와 플레이어의 마음속에서 무언가를 바꾼다.

　좋다. 그렇다면 이후에는 어떻게 될까? (그 일이 있었건 말건) 해리는 형사로 복귀해 다시 일을 하다가 술독에 빠지고, 레바숄은 체념과 무기력 속에서 쇠락하고, 사람들은 예정된 종말을 받아들일까? 알 수 없다. 게임은 거기까지는 짜여 있지 않기 때문이다. 하지만 나는 엔딩 이후의 세계를 생각한다. 개인은 도저히 바꿀 수 없어 보이는, 체념과 무력감으로 가득한 세계에서도 누군가는 불가능한 이상을 좇아간다. 그러다 그것이 무의미하지 않다는 것을, 희미한 빛이 있다는 것을 알게 된다. 그것을 목격한 이들이 있다면 이후의 세계는 고정된 것이 아니다. 이후의 세계는 오지 않아서 열려 있다. 그리고 이 세계 속에서, 플레이어는 아주 미약한 자유의지와 영향력을 가지고 있을 뿐이지만, 그럼에도 여전히 선택하기를 선택할 수 있다. '선택할 수 있다는 환상'을 믿기를 선택하는 것이다.

중독의 재발견

나는 집중을 잘 못한다 뭔가에 집중하기까지 시산이 걸리고 그마저도 지속 시간이 매우 짧다. 한계는 20분에서 30분 정도. 만약 내가 카메라를 켜고 'Work with me' 같은 영상을 찍는다면, 분명 다들 어이없어 할 것이다. 같이 일하자더니, 도대체 딴짓은 왜 저리 많이 하나? 원고 한 문단 쓰고 잠시 생각이 어딘가를 부유하다가 다이어리를 펼쳐서 오늘 일기를 쓰고, 또 원고 두 줄 쓰다가 갑자기 안 읽은 자료가 생각나서 논문 파일을 열어 두 페이지쯤 읽다가 뜬금없이 전자책 앱을 켜서 원고랑은 아무 상관 없는 소설책을 열고, 그러다 메일 확인했다가, 작업 일지 확인했다가… 대부분은 원고를 쓰는 일에 전혀 도움이 되지 않는, 그럼에도 내가 일을 하고 있다는 착각을 지속하게 해줄 뿐인 도피성 행위들이다.

그런 것치고 그럭저럭 성실하게 책을 내는 건, 단지 짧게 집중했다 산만해지고 다시 짧게 집중했다 산만해지는 일을 온종일 반복해서 겨우 총 작업 시간을 채우기 때문이다. 지금이야 내가 그냥 이런 사람이라는 것을 알기에 특별히 자괴감을 느끼지는 않지만, 작가가 되고 처음 몇 해에는 도대체 어떻게 해야 글에 미친 듯이 몰입해 나흘 만에 걸작 장편을 썼다는 작가들처럼 될 수 있을까 괴로워했다(아무리 고민해봐도 다시 태어나는 것밖에 답이 없다).

혹시 스마트폰이 나를 망친 걸까 돌이켜봤는데, 실은 스마트폰의 등장 이전부터 그랬던 것 같다. 고등학교 야자 시간에도 늘 20분쯤 문제를 풀고 나면 너무 하기 싫어져서 책상에 엎어져 있다가, '다들 나랑 비슷하겠지?' 하고 주위를 둘러보면 팽팽한 교실 분위기에 머쓱했던 기억이 많다. 대놓고 딴짓을 할 수는 없어서 나는 습작노트를 마치 오답노트인 것처럼 문제집 옆에 펼쳐놓고는 글쓰기의 세계로 빠져들었다. 어디에 공유할 생각 없이 아이디어 하나에서 출발한 산문시 같은 것을 자주 썼는데, 어쩌면 그때 했던 수많은 딴짓 덕분에 작가가 된 건지도 모르겠다. 보잘것없는 나의 집중력에 뒤늦게 감사를 전한다. 그러나 나를 작가가 되게 만들었던 산만함은 작가가 된 후에도 내 정신을 끊임없이 흩뜨려놓는 애증의 대상이 되었다. 적응한 지금은 나의 불변하는 본성으로 받아들이고, 공유 오피스처럼 딴짓을 오래 하기 부끄러운 환경에서 글을 쓰거나, 마감 일정을 잘 배열해서 마감-유도성 단기 집중력을 최대한 활용할 수 있도록 집필 계획을 짠다.

어쨌든 이 산만함은 취미에 대해서도 마찬가지여서, 아무리 즐거운 일이어도 길어지면 잘 못 견딘

다. 드라마를 잘 못 보고, 영화는 영화관에 가야 겨우 집중할 수 있고, 책도 장편소설보다 중단편소설을 선호한다. 장편은 웬만큼 취향에 맞지 않고서야 끝까지 읽기가 쉽지 않다. 논픽션 분야는 무척 좋아하는데 애초에 산만하게 읽기에 적합한 글이어서인지도 모르겠다. 매번 장편 작업을 시작할 때마다 일부러 장편만 열 권, 스무 권씩 마구 읽어서 나의 뇌를 장편을 선호하는 '장편 뇌'로 바꾸어놓는데, 그렇게 해도 작업이 끝난 이후에는 원래 취향대로 돌아오는 걸 보면 오래 집중 못 하는 성질이 쉽게 변하지는 않나 보다. 이런 나에게도 유일한 예외가 있다.

재작년 프랑크푸르트로 향하는 비행기에 탔을 때의 일이다. 정오에 출발한 비행기여서 잠이 오지 않고, 가져온 전자책도 눈에 안 들어왔다. 비행 시간이 열한 시간쯤 남아 있었다. 문득 몇 달 전 휴대폰에 깔아둔 「스타듀 밸리」가 생각이 났다. 「스타듀 밸리」는 원래 컴퓨터 게임으로 출시된 농장 경영 시뮬레이션인데, 고전 게임을 떠오르게 하는 친숙한 도트 그래픽, 정신없이 농장 운영에 빠져들게 하는 알찬 즐길 거리로 인기를 끌었다. 나도 컴퓨터로는 수십 시간 정도 재밌게 했고, 모바일 버전이 있다길래 사봤지만 휴대폰의 조작감이 마음에 들지 않아 확인만 하고 봉인

했었다. 하지만 지금은 할 게 이것뿐이니까…. 「스타듀 밸리」를 켠 나는 새 농장을 만들었다. 농장은 아직 감자 싹 하나 없는, 돌멩이와 잡초만 굴러다니는 야생의 자연이었다. 곧 부지런한 노동이 시작되었다. 나무를 베고, 돌멩이를 부수고, 잡초를 뽑고, 괭이질을 하고, 그러다 하루가 저물면 다음 날 또 똑같은 일을 반복하고….

프랑크푸르트에 도착했을 무렵, 나의 농장은 다채로운 계절 작물과 알록달록한 허수아비, 스프링클러, 양계장과 외양간, 풀을 뜯는 소와 닭으로 번잡했으며 내 캐릭터는 번쩍번쩍 빛나는 도끼를 들고 있었다. 기내식을 먹긴 했는지, 화장실에 갔는지 잘 기억이 나지 않았다. 농장을 키워야 한다는 목표에 몰두한 나머지 유럽 여행은 이미 안중에 없었다. 함께 간 친구가 내 휴대폰을 들여다보며 어이없어했다.

"아니 뭐, 출발할 때는 비행기에서 책을 세 권 읽겠다더니…."

지난 수년간 발휘한 것 중 가장 탁월한 수준의 집중력을 나는 「스타듀 밸리」에 쏟아붓고 말았다. 생각해보면 내가 뛰어난 집중력을 발휘한 순간들은 대개 게임을 할 때였다. 그 집중력을 좀 다른 데 썼으면 나는 더 나은 사람이 되었을까? 하지만 어차피 의미

없는 가정이라는 건 안다. 그저 산만한 나를 유일하게 붙들어놓는 것, 흩어지는 정신의 멱살을 잡아채는 것, 모든 외부 상황을 잊게 만드는 것, 그게 나에게는 게임인 셈일 뿐이다.

*

북토크를 다니다 보면 가끔 조심스레 이렇게 말하는 독자님을 만난다. "저는 우리 애가 게임을 너무 좋아해서 걱정인데요. 작가님도 게임을 좋아하신다니, 안심해야 할지 말아야 할지…." 안심하라고 말해드리고 싶지만, 안심해도 될 일인지 잘 모르겠다. 나의 과거를 돌이켜보면… 어쩔 수 없이 웃음으로 대답을 얼버무릴 뿐이다. 어렸을 때 나는 말 그대로 게임에 빠져 살았는데, 잠도 안 자고 게임을 하다가 아침에 힘들게 일어나느라 눈밑이 자주 퀭했다. 십대 때는 아침에 '상쾌한' 기분으로 일어났던 기억이 한 번도 없다. 당시 나 같은 십대들이 한둘이 아니었던 터라 뉴스에서는 늘 게임 중독 이야기가 나왔다.

　어쩌면 나도 그 중독 사례 중 하나로 분류될 수 있었겠으나, 그런 나에게 적절히 제동을 걸어준 건, 슬프게도 최신 게임을 따라잡기에는 너무 부족한 컴퓨터 성능이었다. 집안 형편도 넉넉지 않은데 게임을 위한 고사양 컴퓨터를 사달라고 떼쓸 정도로 철없지는 않았던 나는 대신 피시방에 갔지만, 담배 냄새가 가득하고 어두컴컴하고 으슥한 피시방은 여자 중학생이 들락날락하기에는 불편한 곳이었다. 나는 점점 게임을 줄이며 현실에 타협하는 법을 익혔다. 그래, 얼른 나이를 먹어서 어른이 되자! 어른이 되면 돈을 벌어서 모든 게임을 풀옵션으로 돌릴 수 있는 장비들을 갖추고 나를 그 방에 감금하자. 대학생 때는 그 목표를 부분적으로 달성할 수 있었다. 학생이라 나갈 데는 많고 버는 돈은 극히 적으니, 모은 돈으로 산 휴대용 닌텐도로 기숙사 침대 위에서 「몬스터 헌터」나 「포켓몬」 시리즈를 하는 정도가 다였는데 그 정도에도 무척 뿌듯했던 기억이 난다. 아, 어른이 되는 게 이렇게 보람찬 일이라니.

작가가 되면서 그 꿈을 마저 이뤘다. 데뷔 직후 딱 1년만 전업 작가로 살아보기로 결심한 해, 나는 울산시의 지원을 받아 시내의 한 창작실에 출퇴근하며 글을 썼는데, 창작실 바로 맞은편에 조그만 게임숍이 있었다. 플레이스테이션, 닌텐도, 엑스박스 같은 게임기와 게임 칩을 판매하는 가게였다. 나는 출근을 하거나 커피를 사러 가며 그 앞을 지나칠 때마다 가게 유리벽에 붙어 있는 플레이스테이션 포스터를 (갖지 못해 슬픈 마음으로) 간절히 바라보았다. 그리고 처음으로 소설 영상 판권을 계약하고 판권료가 입금된 날. 이날이 오기만을 벼러왔다. 나는 통장을 확인하고 두근거리는 마음으로 의자에서 일어났다. 목적지는 건너편 게임숍이었다. "플스4 프로 재고 있어요? 아, 「몬스터 헌터: 월드」도요." 사장님이 꺼내주는 크고 묵직한 상자를 건네받는데, 얼마나 신이 났으면 벌써 6년이 지난 지금도 그날의 기쁨을 또렷이 기억하고 있다.

매년 그렇게 하나씩 기기를 늘렸더니 이제 나에게는 거의 모든 플랫폼의 게임을 할 수 있는 장비가 있다. 게임할 때 뒤로 약간 기대기 편한 의자와 모션 데스크도. 어렸을 때 소망하던 것을 모두 갖췄다. 하지만 이제 내게는 정작 중요한 것, 기력이 없다. 밤새 게임을 하고 다음 날 아침 일찍 학교에 가던 십대 때와 달리 나는 낡고 지쳤다. 한 시간쯤 게임을 하다 보면 인공눈물도 한 번 넣어줘야 하고, 자세도 10분마다 고쳐 앉아야 하고, 어깨 스트레칭도 해야 하고, 너무 늦게까지 하면 분명 내일의 작업을 망칠 테니 언제쯤 그만해야 할지 고민도 해야 하고… 아무 생각 없이 빠져들기에는 방해하는 요소가 많다. 역시 완벽한 삶의 순간이란 없는 모양이다. 그래도 아늑한 나의 취미방에 있을 때면 이런 생각이 든다. 역시, 어른이 되는 게최고야.

✳

'아무튼, SF 게임'이라는 이 책의 제목이 다소 무색하게, 나를 사로잡았던 중독성 게임들은 SF와 관련없는 것들이 많다. 어떤 게임에 '중독'된다는 건 그게임이 마음에 들거나 재미있다거나 하는 것과는 약간 다른 차원으로, 게임을 하는 동안 시간 감각이 달라지는 것에 가깝다. 마치 열한 시간의 비행 시간이「스타듀 밸리」를 하는 동안은 30분 정도로 느껴졌던것처럼… 게임의 핵심인 플레이, 즉 조작하고 행위하는 것 자체에 완전히 몰입하게 되는 게 중독성 게임의조건인데, 그러다 보면 게임의 설정, 세계관, 스토리같은 것은 부수적인 영역으로 밀려난다. 나는 웬만하면 설정이나 스토리에 꼼꼼하게 관심을 가지는 편인데도, 이런 게임을 할 때는 텍스트를 대충 읽고 넘길때도 많다. 눈앞의 의뢰인이 나에게 어떤 복잡한 이유로 부탁을 하든 말든 나는 당장 그 동굴 속으로 들어가고 싶은 것이다.

게이머들마다 취향이 워낙 달라 일반화하기는 어렵지만, 오랜 시간 살펴본 결과 이렇게 시간을 사라지게 만드는 게임에는 어느 정도 경향성이 있다. 일단 첫 번째는 플레이 자체를 매우 재미있게 만든 게임으로, 적과 싸우거나 무언가에서 도망치거나 하는 조작 자체가 재미있어서 반복 플레이를 하게 만들고, 더불어 절묘한 난이도 조절로 플레이어의 향상심을 자극하는 계열의 액션 게임이다. 난이도 조절은 특히 중요한데, 아무리 전투가 재미있어도 너무 쉽거나 너무 어려우면, 혹은 다음 레벨로 넘어갔을 때 크게 달라지는 게 없거나 또는 갑자기 너무 막막해지면, 그 순간 게임을 그만두고 싶어지기 때문이다. 플레이어는 게임의 어려운 패턴을 학습하고, 또 패턴에 익숙해지면 그다음 단계의 어려운 패턴을 마주하며 성장하는 과정에서 재미를 느낀다고 한다. 그 성장 과정에 무언가를 수집하고 만드는 요소까지 더해지면 시간은 정말 금방 사라지고 만다.

요즘 나는 「하데스」라는 게임에 빠져 있는데, 이 게임은 던전*을 한참 깨다가 죽으면 그때까지 모

---

* 게임에 등장하는 맵 중 하나로 몬스터들이 대거 포진해 있는 소굴을 뜻한다.

은 돈이나 스킬이 증발해버리고 다시 처음부터 시작해야 하는, 이런 장르를 처음 하는 사람에게는 정말 황당한 게임이다. 하지만 게임 디자인이 정말 교묘하다. 허망한 기분으로 다시 던전에 들어가면 이상하게도 아까 나아갔던 곳보다 좀 더 멀리 갈 수 있다. 다음에는 조금 더, 그리고 그다음에는 조금 더 멀리… 그렇게 '한 번만 더' 중얼거리며 재도전을 하면, 어느새 물 한 모금 안 마셨는데 네 시간이 흘러 있어서 깜짝 놀라게 되는 게임이다. 이 게임은 그리스 신화를 테마로 한 게임이어서, 신화에는 전혀 관심 없는 나는 「하데스」가 무려 휴고상('최고의 비디오게임' 부문)과 네뷸러상('최고의 게임 각본' 부문)*을 수상했을 때도 한참 플레이를 미뤘지만, 막상 해보니 별 문제가 되지 않았다. 올림포스 신들이 뭐라고 긴 대사를 하건 말건 당장 스킬 찍고 다음 방으로 넘어가고 싶어지는 게임이니까. 신화에 관심이 있으면 더 흥미롭기는 하겠지만.

　　두 번째는 전통의 '타임머신'이라고 할 수 있는

＊　휴고상과 네뷸러상은 SF 분야의 상으로 알려져 있는데, 요즘 영미권에서는 점차 SF와 판타지 사이에 선을 긋지 않는 추세다. 물론 나도 '「하데스」가 SF 상을?' 하고 잠시 생각에 빠지긴 했지만.

시뮬레이션 게임들이다. 게임에 약간 관심이 있다면 사람들이 「문명」 시리즈를 '타임머신'이라고 부르는 걸 봤을 텐데, 기원전 수천 년의 고대에서 시작해 바퀴와 문자를 발명하며 문명을 싹틔워 도시와 국가를 일궈나가는 이 게임은 자신도 모른 채 날밤 새기로 유명하다. 한 턴만 더, 또 한 턴만 더 하다가 어느새 창밖이 밝아져 있고 인류는 우주선을 쏘아 보내고 있다. 이렇게 중독성 강한 게임 중에는 시뮬레이션 장르가 유독 많다. 「심즈」처럼 인간의 생애 전체를 조작하는 게임이나, 내가 어렸을 때 국내 제작사들도 많이 만들었던 상점을 운영하는 타이쿤류의 게임, 앞서 얘기한 「스타듀 밸리」 같은 농경 게임도 전부 시뮬레이션 장르다. 나도 이런 게임들에 인생의 많은 시간을 갈아 넣었다. 시뮬레이션은 '선택과 결과'를 게임 전체를 통해 구현하는 장르인데, 이 점이 강한 중독성의 원인이 아닐까 싶다. 내가 지금 내린 결정이 비록 사소할지라도 다음 턴에는 어떤 결과를 불러오게 될지 궁금해지고, 다음 턴에는 또 그 턴의 선택을 하게 되니 여기까지는 보고 싶고… 사흘만 더 넘기면 내가 씨 뿌린 백 개의 호박이 열매를 맺을 텐데, 그걸 다 팔면 들어올 돈이 얼마나 될지 궁금하고, 그렇게 하루하루를 넘기다 보면 어느새 현실의 나는 프랑크푸르트에 착륙해 있는 것이다.

*

여담이지만 '우주판「문명」'이라고 불리는「스텔라리스」라는 게임이 있다. 이 게임도 취향이 맞으면「문명」만큼 대단한 타임머신이라고들 하는데, 아쉽게도 나는「문명」류 게임과는 잘 맞지 않는다.「스텔라리스」도 호기심에 사서 열 시간쯤 해봤다가 '음, 그렇게 재밌진 않네' 하며 봉인해두고 까맣게 잊고 있었다(그렇게 재밌지는 않은데 어쨌든 열 시간은 하게 만드는 게 시뮬레이션 게임의 마력이다). 그런데 나중에 이 게임을 다시 들여다볼 일이 생겼다. 나의 데뷔 단편 중 하나인「우리가 빛의 속도로 갈 수 없다면」을 발표한 후였다. 한 블로그였나 페이스북이었나,「우빛속」단편을 읽은 독자가 이렇게 확언하는 걸 본 것이다. "이 작가는 분명「스텔라리스」를 해봤을 것이다! 작가에게 직접 물어보고 싶다."

'해보기는 했는데 왜 그러지?' 글 내용을 자세히 살펴보니 재미있었다.「스텔라리스」는 은하계를 탐사하며 행성을 개척하고 문명을 키워나가며 다른 문명과 전투를 벌이는 게임인데, 그러다 보니 게임의 배경이 인간을 비롯한 각 외계 문명이 '초광속(FTL, Faster-Than-Light)' 항해 기술을 개발해 우주 개척을 시작하는 시점이다. 「스텔라리스」가 처음 출시되었을 때는 이 초광속 항해 기술이 문명마다 서로 달랐다. 플레이어는 워프, 웜홀, 하이퍼드라이브 셋 중 하나의 기술을 보유하며 각 기술의 장단점을 활용해야 하는데, 예를 들어 워프는 어디로든 자유롭게 갈 수 있지만 속도가 느리고, 웜홀은 웜홀이 설치된 곳만 갈 수 있지만 속도가 매우 빠르며, 하이퍼드라이브는 그 중간쯤 되는 기술로 하이퍼레인이 깔린 경로로만 이동할 수 있다. 서로 다른 FTL 기술의 장단점을 어떻게 살려 운영하는지가 게임 전략에 영향을 미친다. 그런데 「스텔라리스」 제작진이 어느 날 대규모 패치를 하면서 이 세 종류의 FTL 기술을 전부 통폐합해 '하이퍼드라이브'만 가능하게 바꾸어버린 거다.

　「우빛속」을 읽은 분이라면 이쯤에서 아하, 했을지도 모르겠다. 「우빛속」은 작중 초광속 항해 기술의 패러다임이 워프 항법에서 웜홀 항법으로 바뀌는 과정에서 한 인물이 겪게 되는 상실을 그린다. 「스텔라리스」의 대규모 패치 역시 게이머들의 반발을 크게 샀다. 워프, 웜홀, 하이퍼드라이브라는 다양한 초광속 항해 기술이 공존하며 생기는 재미가 있었는데, 하나로 통합되어버려서 '낭만'이 없다고 불평하는 리뷰가 있었다. 원래 자유롭게 어디든 갈 수 있는 워프를 주로 쓰다가 강제로 원치 않는 기술을 써야 하는 게이머들도 불평했다. "아니, 바로 옆에 있는데 하이퍼레인이 안 깔려서 한참 돌아가야 하는 게 말이 돼?" 이렇게 절묘할 수가. 그 독자가 내가 「스텔라리스」를 해봤을 것이라고 확신한 이유가 납득이 갔다. 심지어 「스텔라리스」의 통합 패치는 단순한 허구가 아니라, 게이머들의 상실감과 분노를 실제로 이끌어내기까지 했으니 말이다.

그런데 신기하게도 나는 「스텔라리스」를 시작할 때 초광속 항해 기술을 선택한 기억이 전혀 없었다. 그래서 플레이 날짜를 확인해봤다. 내가 게임을 플레이한 건 2018년 9월이고, 초광속 항해 기술을 통합한 패치가 이뤄진 건 2018년 2월. 그러니까 나는 워프 항법과 웜홀 항법이 이미 사라진 세계에서, 심지어 그 항법들이 한때는 존재했고 지금은 사라졌다는 역사조차 까맣게 모른 채로 게임을 시작한 것이다. 그 생각을 하니 기분이 묘했다(게임의 세계에서는 「우빛속」보다 더 빠르게 망각이 이뤄지는 걸까). 어쨌든 통합 패치에 매우 화가 났다던 한 게이머는 후기를 읽어보니 다행히 시간이 지난 뒤 다시 게임에 푹 빠진 것 같았다. 아쉬움은 남은 모양이지만 「스텔라리스」에는 안나처럼 영원한 단절을 경험하는 인물은 없을 테니, 그래도 다행인 일이라고 해야겠다.

*

긴 여담에서 다시 '중독' 이야기로 돌아와보면, 실제로 세상에는 게임 중독으로 어려움을 겪거나 주위 사람들과 갈등을 겪는 일도 분명 많기에 "괜찮아요! 게임에 푹 빠져도 아무 문제 없어요!"라고 쉽게 말하지는 못하겠다. 나의 경험이기도 한데, 때로는 게임에 몰입해 있는 순간이 더는 즐겁거나 기쁘지 않은데도, 심지어 스트레스를 주는데도 그냥 '해야만 하기에', 눈앞에 목표가 있기에 지속하게 되는 경우가 있었다. 이런 경험을 몇 번 한 후로는 나 자신에게 지금 이것이 정말로 즐거워서 하는 것인지를 자주 묻는 터라 이제 잘 조절할 수 있지만, 게임은 여러 매체 중에서도 특히 몰입의 감각을 강하게 끌어내는 매체인 만큼 늘 주의할 필요는 있다. 재미나 내용에 대한 진지한 고민 없이 오직 중독성만을 겨냥하며, 그 중독성이 수익 모델과 직접 관련이 있는 게임들은 더욱 경계해야 한다.

그렇지만 스스로 통제할 수 있다면, '좋은 게임'이 무엇인지 충분히 고민했다면, 그 몰입감은 여전히 큰 기쁨을 준다. 나는 중독성의 의미를 재발견하고 싶다. 계속하고 싶은 게임을 할 때 나는 매우 단순해진다. 수많은 생각들, 나를 어지럽히던 생각들이 사라진다. 그 순간 내 세계에는 게임 속의 목표밖에 없는데, 심지어 그 목표를 향하고 있다는 의식마저 점차 사라진다. 일종의 명상이라고 불러도 되지 않을까 싶을 만큼 나는 현실 차원에서 분리되고, 완전히 다른 세계의 다른 목표에 풍덩 빠졌다가, 다시 현실적 조건―내일의 마감, 뻑뻑한 안구, 허리 통증, 갈증, 배고픔 등―에 의해 끄집어내진다. 이 차원을 오가는 과정에서 나의 생각하는 방식, 그러니까 사고 모드가 전환된다. 정신을 깨끗이 빨아서 말릴 수는 없겠지만, 적어도 정신의 먼지를 한 번 팡팡 털어내는 느낌이 든달까.

게다가 시간이 지나면 이 강력한 몰입의 감각이 그렇게 자주 찾아오지도 않는다. 뭔가 취미 하나를 깊게 파본 사람이라면 알겠지만, 생각보다 빠르게 권태기가 찾아온다. 처음에는 할 게 너무 많다는 생각에 이것저것 허겁지겁 집어삼키지만, 나중에는 사람들이 좋다는 게임을 다 해봐도 그중 나의 취향에 적중하는 게임은 얼마 안 되고, 최후에는 좋아하는 몇몇 게임 시리즈의 다음 편을 애타게 기다리는 낡고 지친 게이머 대열에 합류하고 만다. 결국 나도 그중 하나다. 아, 그때 게임들 좀 아껴서 할걸…. 인공눈물을 넣어가며 게임을 하는 수고를 감수하려면, 그 게임은 정말 정말 재미있어야 하는 것이다.

그러니까 결론. '좋은 게임'을 찾아서 하자. 그리고 어차피 기쁨의 시간은 짧으니, 그 순간을 열심히 즐기자. 그런 기쁨이 흔하게 찾아오지는 않으니까.

전쟁 게임을 즐기는 평화주의자

몇 밀 진에 한 진쟁소설을 무척 새미있게 읽었나. 소설은 제2차 세계대전의 독소전쟁과 스탈린그라드 전투에서 활약했던 소련의 여성 저격수들을 다루는데, 한 인간을 학살에 익숙하도록 길들이는 전쟁의 비인간성, 인간이 소외되는 전쟁에서 또 한 번 소외되는 여성의 위치에 주목하는 확고한 반전(反戰) 소설이다. 그런데 반전 메시지가 명확하게 드러나는 이 소설은 나에게 묘한 '길티 플레저'를 느끼게 했다. 분명 작중 묘사되는 전쟁은 참혹하고, 주인공이 살상을 즐기도록 변해가는 모습은 섬뜩하고, 군인들이 동료 여성 군인을 대하는 모습에 화가 나면서도… 동시에 이 소설의 '어떤' 장면들이 너무 재미있다고 느꼈던 것이다. 이 소설이 마음에 들어 주위에 추천하고 '재미있다'고 덧붙이면서도, 한 가지 질문이 계속 머릿속에 맴돌았다. 이거, 그냥 재밌어도 괜찮은 건가?

왜냐하면 이 소설의 재미 요소 중 상당 부분은 저격 소대 전투와 저격병의 전략 전술을 상세하게 묘사하며 전쟁터 한가운데의 긴장감을 그려내는 데서 오기 때문이다. 소대 동료가 죽어 나가는 장면은 참혹함을 느끼게 하지만, 동시에 각도와 바람, 적병의 심리를 고려한 전략을 철저히 준비하다 어느 순간 예상이 딱 맞아 떨어져 적병을 단 두어 발로 처치할 때의 짜릿함이 있다. 나는 그런 장면들을 FPS 게임을 할 때 저격 소총을 썼던 경험이나 전략 시뮬레이션의 저격병 포지션을 조작하던 경험을 되살리며 읽었는데 그랬더니 한층 더 그 장면 속에 들어가 있는 것처럼 느껴졌다. 소설 중간쯤 주인공이 자신이 사람을 죽이고 있다는 사실을 잊고 '점수'를 따기 위해 과열되어 불필요한 살상에 몰두하는 장면이 있는데, 그 직후 주인공은 찬물을 맞은 것처럼 자신이 살인 병기가 되었음을 자각한다. 이 장면을 읽던 나도 같이 흠칫했다. 아니, 나도 방금 주인공이 사람 죽이는 장면을 너무 즐기고 있었는데? 이 소설이 전하는 반전주의적 메시지는 분명한데, 내가 이래도 되나?

그때 느낀 묘한 죄책감은 전쟁 영화에 대한 생각으로도 이어졌다. 영화가 전쟁을 다루는 방식은 다양하지만, 전쟁 영화로 분류되는 영화 상당수는 '전투 현장'을 실감나게 보여준다. 액션 영화를 볼 때 주인공과 적대자의 피 튀는 난투에 짜릿함을 느끼는 것처럼, 전쟁 영화의 전투 현장도 대개 카타르시스를 제공한다. 특히 주인공 진영이 전략 전술을 활용해 영리하게 문제를 해결하고 돌파해나갈 때 그렇다. 그러고 나서도 대부분의 영화는 전쟁의 참혹함과 비극에 초점을 맞추긴 하지만, 여전히 묘한 기분이 남는

다. 방금, 그 전투 장면은 분명 재미있었는데…. 평화
와 반전을 말하는 콘텐츠도 그 과정에서 전쟁 묘사를
즐기게끔 만든다는 이 묘한 아이러니는 영화계에서
도 오래 논의된 주제로, 영화감독 프랑수아 트뤼포는
"모든 전쟁 영화는 결국 전쟁을 지지하게 된다"고 말
했고, 정반대로 〈라이언 일병 구하기〉 개봉 당시 스
티븐 스필버그는 "모든 전쟁 영화는 좋든 나쁘든 반
전 영화"라고 말했다. 전쟁 영화라고 해도 어떤 영화
는 전투 장면이 없거나 오락적인 요소가 배제된 경우
도 있으니 트뤼포처럼 '반전 영화는 없다'고까지 말
할 수는 없겠지만, 〈라이언 일병 구하기〉의 연출이
이후 주요 밀리터리 FPS 게임에도 영향을 미쳤다는
것까지 생각해보면 더 복잡한 기분이 든다. 게임은
전쟁의 많은 요소 중에서도 전투가 주는 재미에 집중
한다. 영화에서 전투는 수많은 신(scene)들 중 일부
지만, 게임은 전투 자체에 관한 것이다. 게임이 아무
리 반전주의를 말하더라도 결국은 전투를 즐기도록
설계되어 있다. 그렇다면 내가 전쟁 게임을 즐길 때,
나는 전쟁을 즐기고 있는 것인가?

*

물론 내 의문은 이쯤에서 스스로 제동을 건다. 게임에 가해진 부당한 검열의 역사가 있으니 말이다. 게이머인 나는 직관적으로 알고 있다. 게임 속의 폭력이 현실로 이어지지 않고, 게임을 하는 것이 게이머를 살인마나 전쟁광으로 만들지 않으며, 조이패드를 조작하거나 마우스를 클릭하는 건 실제로 사람을 향해 총을 쏘는 것과는 완전히 다른 행위라는 것을. 그래픽이 아무리 현실적이고 실감나더라도 게임 속의 오브젝트들은 어디까지나 오브젝트일 뿐이며, 엄밀히 말한다면 나는 적을 살해하는 것이 아니라 주어진 시스템 안에서 오브젝트를 향해 타게팅 행위를 하고 있는 것이다. 라프 코스터는 『라프 코스터의 재미이론』이라는 게임 디자인 고전에서, 게임은 패턴을 학습하게 하는 것이고 그 학습 과정이 몰입을 이끌어내기 때문에 게임에 몰입하는 게이머일수록 이 패턴을 둘러싼 허구를 무시하게 된다고 말한다. 아무리 허구로 덧칠을 하더라도 게임은 플레이어가 그 핵심에 있는 패턴에 주목하도록 만들고, 그래서 게이머는 허구를 무시하는 데 능하다는 것이다. 목표를 발견하고 빠르고 정밀하게 조준해 쏜다는 슈팅 게임의 기본 패턴은, 꼭 그것이 '저격'이나 '총'이 아니어도 다른 것으로 덧씌워질 수 있다. 이를테면 「포탈」은 포탈건을 이용해 목표 지점을 조준하고 쏘는 게임이지만, 여기에는 처치할 적이 없다.

그런데 여기서 한 번 더 생각하게 된다. 게임이 아무리 플레이 메커니즘이 핵심이며 그 위에 덧입혀진 것은 껍데기라고 해도, 게임의 모든 껍데기가 다 수용되는 것은 아니다. 라프 코스터 역시 「테트리스」와 비슷한 메커니즘을 가졌지만 홀로코스트 테마로 수용자들을 구덩이에 효율적으로 던져 넣는 게임을 상상해보라고 하면서, 이러한 게임은 설령 「테트리스」와 패턴은 완전히 동일하더라도 사람들로부터 거부될 것이며, 패턴에 덧칠된 허구의 영역에 대해서는 분명한 비판의 여지가 있음을 말하고 있다. 이러한 게임 속 악행에 대한 우리의 도덕적 직관 충돌을 '게이머 딜레마'라고 하는데, 응용윤리학자 모건 럭이 2009년 제시했다. 한번 생각해보자. 살인은 잘못된 것이다. 하지만 게임 속에서는 플레이어가 매우 생생하게 묘사되는 살인을 하더라도 보통은 문제가 되지 않는다. 가상 살인에는 실제 피해자가 없기 때문이다. 그런데 게임에서 아동 성폭행을 한다면 어떨까? 대부분의 게이머들은 잘못되었다고 느낄 것이다. 실제로도 가상 아동 성폭행이 가능한 게임이 출시되면 크게 비판받거나 판매 중지가 될 것임을 예상할 수 있다. 가상 살인도 가상 아동 성폭행도 현실의 피해자는 없는 가상의 행위라는 점에서, 이 도덕적 직관 충돌을 설명하기란 생각보다 쉽지 않다.

지금까지 이 게이머 딜레마를 설명하려는 여러 시도들이 있었다. 이를테면 가상의 아동 성폭행은 실제 아동 성폭행으로 이어질 수 있다거나, 가상 살인과 달리 가상 아동 성폭행은 불평등을 성적 대상화하는 행위이기에 다르다거나 하는 식이다. 혹은 딜레마 자체를 지적하는 경우도 있었다. 게이머의 개입 정도에 따라 스토리텔링 게임과 시뮬레이션 게임을 구분하면서, 스토리텔링에 매우 가까운 게임이라면 플레이어가 게임 속 살인과 아동 성폭행에 둘 다 거리감을 두면서 허용할 수 있을 것이며, 시뮬레이션에 매우 가까운 게임이라면 살인과 아동 성폭행 둘 다 거부될 것이라는 주장이다. 「그랜드 테프트 오토」 같은 폭력적인 게임들은 논란을 수반하면서도 큰 인기를 끄는데, 만약 그런 게임들조차도 스토리텔링 요소를 완전히 배제한 '살인 시뮬레이션' 같은 형태로 출시된다면 게이머들의 도덕적 직관에 반할 것이라는 뜻이다. 그런데 각각의 설명은 그럴싸하면서도 또 반례를

들 수 있어서, 딜레미는 쫌처럼 넝쾌아게 풀리지 않은 채 여전히 현재진행형으로 논의되고 있다.

여기서 확실한 건 '게임은 게임일 뿐'이라는 방어 논리를 엄밀히 파고들면 게이머들 스스로도 그렇지 않다고 느끼는 경우가 많다는 것이다. 현실과 허구를 잘 구분하는 대부분의 게이머들도 초등학교 총기난사를 테마로 한 FPS나 아시아인만을 골라 죽이는 인종 범죄 게임이 있다면 '무언가 잘못되었다'고 느낄 것이 분명하다. 2022년 최신 논문에서 모건 럭은 '악행의 중대성(graveness)'라는 개념을 이 딜레마에 대한 새로운 설명으로 제시한다.* 짧게 요약하면 어떤 악행은 다른 악행보다 더 사회적 억압과 관련이 있기 때문에, 더 최근에 발생했기 때문에, 다른 외적 악행을 추가로 수반하기 때문에, 현실의 악행에 가깝기 때문에, 그 악행을 통해 조직적으로 이익을 얻은 사람들이 저질렀기 때문에 더 '중대하게' 여겨지는데, 이 중대성이 충분한 경우 그 행위는 가상의 악행이어도 가볍게** 취급할 수 없어 금지 대

---

*   모건 럭은 이 논문에서 '게이머 딜레마'에 대한 이전의 다른 해결책들과 반론, 그리고 게이머 딜레마가 게임 외의 엔터테인먼트 영역에서도 적용될 수 있음을 이야기한다.

**   여기서 '가볍게 대하는 것'의 예시로 그 행위에 대한

상이 된다. 그리고 럭은 금지될 정도로 중대한 악행을 가볍게 대하는 것은, 그 악행의 중대성에 대한 적절한 도덕적 인식과 양립할 수 없는 태도이기 때문에 잘못된 것이라는 '덕 윤리(virtue ethics)'의 설명을 제시한다.

가상의 행위는 가상일 뿐이지만, 그럼에도 모든 가상의 행위가 도덕적으로 동등하게 여겨지지는 않는다. 그것은 특정 행동에 대한 사회적 태도, 맥락, 추상화된 정도, 규범 등 사회적 인식에 영향을 받는다. 전쟁 게임이 언뜻 전쟁과 학살을 자유롭게 소재로 삼는 것 같지만, 실제로는 대개 선량한 우리 편의 영웅 서사에 초점을 맞추거나 역사와 무관한 가상의 적(외계 생물 또는 완전한 허구의 국가)을 설정하고, 어느 정도 시간이 지난 전쟁을 소재 삼는 것을 보아도 알 수 있다. 그렇다면 이 '거리두기'가 가능한 전쟁, 럭이 말한 '중대성'이 충분히 희석된 전쟁 게임에서 선량한 우리 편의 싸움을 즐기는 것은 별 문제가 없는 일일까?

미스터리 예능 프로그램을 만들거나(가상 살인 추리극은 쉽게 받아들여지지만, 가상 아동 성폭행 추리극은 받아들여지지 않을 것이다) 저녁 식사 자리에서의 농담, 그 행위를 오락으로 즐기는 것 등이 제시된다.

＊

게이머 개인은 충분히 전쟁 게임을 즐기면서도 반전주의자일 수 있다. 그렇지만 엔터테인먼트 산업 전반의 폭력과 전쟁에 대한 옹호가 실제 전쟁에 대한 사회적, 경제적, 정치적 동의의 기반이 될 수 있다고 분석하는 연구들도 존재한다. 이를 '군사-엔터테인먼트 복합체(military-entertainment complex)'라고도 하는데, 전쟁에 대한 군사주의적 이념과 담론이 영화, 드라마, 게임과 같은 상품으로 포장되어 전파되고 있음을 비판적으로 바라보는 개념이다.

기술의 발전이 게임 속에서의 학살을 점점 더 생생하게 만들고, 현실의 학살에는 '거리감'을 더해 준다. 1990년대 걸프전은 현대 무기 기술을 이용한 전투가 텔레비전에서 생중계되며 비디오게임 전쟁이라고 불렸는데, 이후 실제 전쟁을 게임처럼 소비하는 현상은 더욱 확대되고 있다. 한편 전쟁 게임은 실제로 군대와 긴밀한 관계를 유지하고 있어서, 미군에서는 비디오게임을 교육용으로 개조하거나 민간 제작사에 자문을 하고, 때로는 육군 입대 홍보를 위해 「아메리카스 아미」 같은 게임을 만들어 배포하기도 한다. 전쟁 게임이 가상의 전쟁과 폭력을 너무나 생생하게 스펙터클화하기 때문에, 오히려 현실의 전쟁과 폭력에 사람들을 무뎌지게 만든다는 지적이 반복되어왔다.

물론 게임이 늘 무비판적으로 전쟁과 폭력을 묘사하는 것은 아니어서, 반전주의적 메시지가 매우 두드러지는 게임들도 있다. 이를테면 「스펙 옵스: 더 라인」 같은 게임은 평범한 밀리터리 슈팅 게임처럼 진행되다가 갑자기 플레이어의 멱살을 잡아 전쟁의 참혹함을 직시하게 만드는 충격적인 스토리로 유명하다. 「디스 워 오브 마인」처럼 군인이 아닌 민간인 생존자에 초점을 맞추어 비참한 생존을 이어가야 하는 게임도 있다. 그런데 이런 게임들은 때로 게임의 본질인 재미에 충실하지 못하다는 평을 받으며 대중적 흥행에 실패하기도 하고, 혹은 그 게임의 주제와 즐거움이 상충한다는 비판을 마주하기도 한다. 후자는 '루도내러티브 부조화(ludonarrative dissonance)'*라고도 부르는 상황의 일종인데, 게임이 전쟁이나 폭력에 대한 비판 의식을 담고 있다고 해도 그것을 전달하는 과정에서 플레이어가 전쟁이나 폭력을 즐기게

* '놀다'라는 뜻의 '루도(ludo)'와 '서사(narrative)'의 합성어에 '부조화(dissonance)'를 붙여 만든 개념이다.

민들기 내문에, 플레이(루도)와 주세(내러티브)가 서로 상충하는 것이다. 즉 반전주의 영화가 때로 스펙터클한 전투 묘사를 통해 관객들에게 즐거움을 이끌어내는 모순을 품고 있듯이, 반전주의 게임 역시 반전이라는 주제를 드러내는 과정을 즐기게 함으로써 플레이를 추동해야 한다는 모순을 품고 있다.

그래서 어떤 사람들은 게임을 통해 폭력을 비판할 바에는 차라리 아무 생각 없이 폭력을 저지르는 게임을 하겠다고 말하기도 한다. 그런데 이런 견해는 게임의 핵심 가치가 '재미'라는 점에서 일견 이해가 가면서도 한편 우려가 된다. 게임이라는 매체의 가능성을 좁히는 견해일 수도 있어서다. 어쩌면 루도내러티브 부조화를 직면하고 이용하는 것 역시 게임이 선택할 수 있는 한 가지 길이 아닐까? 「스펙 옵스: 더 라인」의 수석 개발자 월트 윌리엄스도 게임 개발 컨퍼런스에서 폭력을 맥락 속에서 구현하는 게임 개발 방식을 소개하면서 '루도내러티브 부조화를 수용하는 것'이 첫 번째 단계임을 밝히고 있다.* 게임의 본질인 재미에 충실하면서도 동시에 이 재미를 둘러싼

---

* 〈We Are Not Heroes: Contextualizing Violence through Narrative〉로 검색하면 온라인에서 강연 자료를 볼 수 있다.

허구에 대해 <u>스스로</u> 질문할 수 있고, 그 재미와 질문 사이에서 부조화가 발생하더라도 그 부조화마저도 다음 질문의 출발점으로 삼는 가능성에 대해 생각해 본다.

「엑스컴」이라는 전략 전술 시뮬레이션 게임 시리즈가 있다. 인간과 외계인의 전쟁 중 게릴라 부대를 지휘하는 사령관의 시점에서 플레이하는 게임으로, 사령관은 부대를 성장시키고 모든 전투에서 이겨 외계인을 학살하며 이 전쟁에서 인간을 승리로 이끈다. 이 게임은 일단 무척 재미있다. 순간의 판단이 부대를 전멸로 이끌 수 있기 때문에, 실시간 전투 방식이 아닌데도 매번 긴장감이 넘친다. 여기에 약간의 확률 싸움이 더해져서, 위험한 상황에서 운 좋게 적진의 외계인을 헤드샷으로 터뜨릴 때의 카타르시스는 엄청나다. 그런데 나는 이 게임이 전쟁을 즐기게 하는 동시에, 전쟁에 잠시 거리감을 두고 돌이켜보게 만드는 방식이 좋았다.

이 게임은 분대 전투 시스템이고 고유의 이름과 특성을 지닌 병사 하나하나를 계속 성장시키는 시스템이기 때문에, 아무리 가상의 전쟁이라고 해도 분대원들에게 조금씩 애착을 갖게 된다. 재미있게도 「엑스컴」의 꽤 많은 플레이어들이 분대원들에게 자기 가

쪽이나 반려동물, 친구, 좋아하는 픽션 캐릭터의 이름을 자주 붙인다고 한다. 그런데 이 게임에서 한번 죽은 분대원이 다시는 돌아올 수 없다는 것을 깨달을 쯤에는 이미…. 이런 작은 디테일 하나로 플레이어는 잠시 한발 물러나서, 전쟁터의 인간이 이름을 가진 존재임을 생각하게 된다. 게다가 또 한 가지, 「엑스컴」 시리즈 중 「엑스컴: 에너미 언노운」이라는 리부트 작품은 확장판에서 「엑스컴: 에너미 위드인」이라고 부제가 새롭게 붙는데, 원래 '미지의 적'이었던 것이 전쟁을 계속하며 '내부의 적'이 된 것이다. 이 '내부의 적'은, 인류 내부의 적이라는 의미도 되지만 외계인과 싸우기 위해 점점 더 극단적인 방식으로 인간을 개조해 전투에 나서도록 지휘하는 사령관 스스로를 겨누는 단어이기도 하다. 가혹한 전쟁은 플레이어가 병사들을 과격하게 개조해 전선에 내보낼 것을 유도하지만, 동시에 다른 캐릭터들과 사령관을 대립하게 만들며 '이것이 정말 옳은가?'를 계속해서 묻는다. 플레이어는 재미있게 게임을 즐기지만, 자신이 한 행위에서 시선을 돌릴 수 없다. 사령관의 입장에서 합당한 선택을 한 것이지만 동시에 도덕적 질문은 계속 남아 있는 것이다.

또 다른 관점에서 접근해보자. 『게임: 행위성

의 예술』이라는 책에서 저자 C. 티 응우옌은 게임을 다종다양한 행위성을 연습하고 경험하게 하는 매체로 분석하면서, 게이머들에게는 이 행위성에 일시적으로 깊게 몰입했다가 곧바로 빠져나올 수 있는 행위적 유동성의 역량이 있다고 말한다. '할리갈리'를 할 때 우리는 과일 개수를 세고 종을 치는 행위에 몰입해 치열하게 분투하지만, 일단 게임이 끝나면 그 행위는 우리에게 아무런 의미가 없다. 게임이 다룰 수 있는 행위는 몹시 다양해서, 때로 이 행위는 악행을 재현한다. '1830'이라는 주식 매매 및 철도 경영 게임은 악덕 자본가의 행위에 이입하게 만들며, '모노폴리'는 타일을 독점해서 빈익빈 부익부를 강화해 다른 플레이어를 전부 파산하게 만드는 행위 목표를 가지고 있다. 나도 이 대목을 읽으며 어렸을 때 매우 좋아했던 '푸에르토리코'라는 보드게임이 생각났다. 푸에르토리코 섬으로 노예를 보내 식민지 개척을 하는 제국주의적 테마를 가진 게임이었다.* 이처럼 게임의 행

* 최근 '푸에르토리코'의 퍼블리셔는 이 식민지 테마에 대한 비판을 반영해 새로운 판본 '푸에르토리코 1897'을 출시했다. 새 판본은 푸에르토리코가 일시적으로 독립했던 1897년을 배경으로 푸에르토리코 섬의 현지인들이 섬을 직접 개척해나가는 설정이다.

위성은 때로 사악한데, 서사는 이 나쁘나약한 행위성에 대한 이입이 실제 삶에서의 이해로 이어진다고 말한다. 이를테면 자신이 "소시오패스적 경영 행태를 이해, 예측하는 역량과 대기업들의 사고방식을 이해하는 역량을 키울 수 있었던 것은 '1830'이라는 주식 매매 및 시장 조작 게임을 오랫동안 해본 덕분"이었고, 이런 파괴적 행위성을 체험하는 것은 언젠가 삶에서 만나게 될 '나쁜 행위자'를 이해하고 대처하는 데에 유용하리라는 것이다.

그러면 이와 같은 관점에서, 비디오게임은 전쟁과 폭력에 깃든 행위성을 돌이켜보는 매체가 될 수도 있지 않을까? 「엑스컴」 시리즈에서 플레이어는 사령관으로서 점점 더 어려운 전투에 참여하면서 비윤리적이라는 비난을 들을 수 있는 극단적 인체 개조를 '하지 않는 것'이 얼마나 어려운 선택인지를 실감할 수 있다. 전쟁 게임을 할 때 플레이어는 생생한 살해의 묘사를 무시하고 적을 타게팅해서 빠르게 쏘아 죽이는 것, 즉 패턴 자체에만 집중하게 되는데, 그렇다면 플레이어가 패턴을 감싼 허구에 금세 둔감하고 무뎌지는 방식이, 현실에서 전쟁의 폭력에 둔감해지는 방식에 대한 어떤 통찰을 제공하지 않을까? 혹은 인간을 자원 수치로 다루는 시뮬레이션 게임을 할 때

'인간 자원'을 아무렇지 않게 죽이거나 위험한 상황으로 몰고 가는 결정을 체험하고 나면, 현실의 악한 결정자들이 왜 그렇게 잔혹한 결정을 내리는지 이해하고 대처할 수 있지 않을까?

물론 이것은 낙관적인 관점이다. 나를 포함한 대부분의 게이머들은 게임 속의 악행을 그저 가볍게 즐기고 떠난다. 많은 게임이 그 행위에 대해 굳이 한 발 물러나 묻지 않고, 플레이어를 굳이 불편하게 만들지 않는다. 그렇지만 나는 게임이 그 재미와 내용과 행위성에 대해 더 많이 질문할 때 이 매체가 더 깊이 있는 재미를 품게 되고, 매체로서 성숙해지며, 더 나은 사회에 기여할 수 있게 된다고 생각한다. 표현의 자유와 치열한 윤리적 고민은 공존할 수 있다. 게임은 점점 더 막대한 영향력을 가지게 되어 이제 더는 사회로부터 유리되어 존재할 수 없는, 사회와 강력하게 상호작용하고 있는 매체다. 그렇기에 게임이 스스로 묻지 않는다면 게임 바깥에서라도 물어야 한다. 게임은 상호작용으로 완성되기에 윤리적 고민은 오직 창작자만의 몫이 아니라 플레이어의 몫이기도 하다.

현대인의 도덕이란 너무 복잡해서 한 사람이 올바르게 살아가기로 결심하더라도 그는 여전히 수많은 착취 앞에서 무결하지 않다. 한 사람이 누리는 음악, 패션, 음식과 같은 일상적인 것들이 모두 그 산업 이면의 어두움과 연결되어 있으며 오늘의 기쁨이 내일의 전쟁과 기후위기로 이어진다. 내가 즐기는 게임이 나를 당장 폭력적으로 만들지 않더라도 이것이 여전히 게임 바깥의 사회와 무관할 수 없다면, 그러면 이 곤란함 앞에서 무엇을 해야 할까? 나는 그 곤란함을 피하지 않고 직시하는 일이 필요하다고 생각한다. 내가 좋아하는 무언가가 무결하지 않음을 있는 그대로 바라보고, 동시에 이것을 만드는 입장에서도 이 창작물(혹은 상품)이 무결하지 않음을 인정하는 것이다.

최근 몇 년간 또다시 폭발한 갈등과 전쟁으로 많은 이들이 고통받고 있다. 국제적십자사는 FPS 게임을 대상으로 한 'Play by the Rules'라는 캠페인을 공개하며 이렇게 말했다.

매일 사람들은 소파에 앉아 분쟁 지역을 배경으로 한 게임을 합니다. 그러나 지금은 어느 때보다 무력 충돌이 만연해 있고, 그 영향으로 고통받는 사람들에게 이 갈등은 게임이 아닙니다. 갈등은 생명을 파괴하고 지역사회를 황폐화합니다. 우리는 실제 전쟁 규칙에 따라 FPS를 플레이하며 전쟁에도 규칙, 즉 전장에서 인류를 보호하는 규칙이 있다는 것을 모든 사람에게 보여주기 위해 노력하고 있습니다.

여기에는 쓰러져 대응할 수 없는 적을 계속 사격하지 않는 것, 비폭력적인 민간인을 쏘지 않는 것, 민간 시설을 파괴하지 않는 것, 의료 키트를 아군과 적군을 가리지 않고 제공하는 것이 포함되며 이 규칙은 적십자사의 국제인도법을 따른다. 국제적십자사는 이 규칙을 지키며 플레이한 스트리머들의 영상을 소개했지만, 실제로 이 규칙을 다수의 FPS 게임에 적용해 플레이한다면 게임은 지극히 어려워질 뿐만 아니라 아예 진행 불가능할 수도 있다. 특히 민간 건물을 파괴하지 않거나 적에게 의료 키트를 제공하는 것은, 다수의 전쟁 게임에서는 아예 불가능하다. 실제로 이 캠페인이 소개된 게이머 커뮤니티나 블로그에서는 황당해하는 게이머들의 반응이 넘쳐난다.

하지만 나는 이 제안이 무척 의미 있다고 생각했다. 설령 이 규칙대로 플레이하지 않는다고 해도 말이다. 적십자사는 수년 전에도 비디오게임의 전쟁범죄 묘사에 대한 입장문에서 게임에서 전쟁 범죄를 멸균하는 것은 비현실적이며, 실제 전장에서 전쟁 범죄가 발생하므로 게임에도 전쟁 범죄가 묘사될 수 있다는 견해를 확실히 했다. 동시에 이것이 금지된다는 것을 게임 메커니즘으로 표현할 필요가 있다는 견해도 밝혔다. 즉, 적십자사는 게임에서 전쟁 범죄를 몰아내라고 말한 것이 아니라, 게임이 전쟁 범죄에 대한 '입장'을 정해야 한다고 주장한 셈이다.

전쟁이 만연한 세계에서 전쟁을 게임으로 즐기는 일은 보통 두 종류의 대립된 반응을 이끌어낸다. '그냥 게임일 뿐인데'라고 말하며 게임과 현실 사이에 분명한 선을 긋거나, 혹은 전쟁을 게임으로 즐기지 말라며 멸균을 요구하거나. 하지만 전자는 진실과 거리가 멀고, 후자는 불가능할뿐더러 의미도 없다. 적십자사의 'Play by the Rules'는 그 사이의 다른 길을 제안한다. 플레이어들에게 게임을 여전히 즐기고 플레이하되, 이 근저의 '꺼림칙함'을 피하지 말고 한번 직시해보자고 말하는 것이다. 게임 속에서 우리는 다양한 추상성의 층위에서 폭력과 전쟁에 매료되며, 아마 앞으로도 오랫동안 그럴 것이다. 하지만 게임이 더는 '단지 게임일 뿐'이라는 방어 논리로 게임만의 세계로 숨어들 수 없을 때, 게임이 그것의 재미와 매력과 규모로 사회에 발휘하는 막대한 영향력만큼이나 매체로서의 책임을 질문받을 때, 나는 그 앞에서 표백도 외면도 아닌 또 다른 길, 더 나은 길이 있다고 믿는다. 이 무결하지 않은 게임이라는 세계와 이 세계가 내포하는 모순을, 똑바로 바라보고 질문하고 탐구하며 나아가는 것이다.

도마뱀 외계인을 사랑해도 될까요

책 좋아하는 사람이라면 다들 비슷하겠지만, 난 무언가를 시작할 때 일단 책부터 찾아본다. 식물이 소재인 소설을 쓸 때는 식물 책을 쌓아놓고 읽었고, 장애와 기술에 대해 조사할 때는 장애학 책을 쌓아놓고 읽었다. 이번에도 그랬다. SF 게임에 대한 에세이를 쓰겠다고 결심하고 나서, 책부터 찾아봤다는 이야기다. 구체적으로 뭘 기대한 건 아니었다. 게임에 대한 문화 비평이나 사회학적 혹은 철학적 분석을 다룬 책이 있다면 찾아보고 비디오게임의 역사를 개괄한 책을 두어 권 정도 읽어보면 도움이 될 거라고 단순하게 생각했다. 그런데 생각보다 쉽지 않았다.

검색하자 꽤 많은 인문사회학 책이 나왔는데 이 중 대부분은 제목에만 '게임'이 들어갔을 뿐 실제로 비디오게임과는 아무 관련이 없었다. 예를 들면 『게임 이론』, 『지위 게임』, 『4개의 인생 게임』…. 통과하고 다음으로. 『혹시 우리 아이, 게임 중독이 아닐까요?』나 『게임을 이용한 심리 테라피』 같은 책들도 통과. 게임 디자인과 그래픽 작업을 위한 실용서, 게임 아트북은 당장 필요한 게 아니니 넘어가고, 게임은 매해가 다르게 발전하는 산업이니 너무 오래된 책들도 넘어가고… 그러자 정작 내가 원했던 책들은 별로 남지 않았다. 작년에 곰팡이를 주요 소재로 삼은 소설을 쓴답시고 참고도서를 찾으려 했는데 버섯 채집 도감만 잔뜩 나와서 난감했던 때가 떠올랐다. 이럴 수가, 내 취미 중 가장 거대한 산업 규모를 자랑하는 이 '메이저 오브 메이저' 취미에 대한 비평과 인문서가 곰팡이 수준으로 책이 적다니(결코 곰팡이를 얕잡아 보는 건 아니다. 그저 다룬 책이 적다는 것뿐). 혹시 내가 잘못 찾아서 결과가 적은가 싶어 지인들의 조언을 구했지만 결과는 크게 다르지 않았다.

게임을 좋아하는 사람이라면 '뭐, 그게 어때서?'라고 물을지도 모르겠다. 게임은 플레이가 관건인데 그걸 책으로 다루어야 할 필요가 있나 생각할지도. 누군가는 게임을 좋아하는 사람들은 대부분 인터넷에 있으니, 책 말고 유튜브를 찾아보라고 했다. 실제로 유튜브에는 게임이나 게임 산업에 대해 심도 있게 리뷰하는 채널이나 게임 디자이너들의 조언, 유명한 게임 개발자들의 강연이 많았다. 재미있게 보기도 했다. 그런 영상들은 게임 내적인 요소에 대해서, 게임 업계 내부의 관점으로 훌륭하게 설명하고 있었다. 하지만 내가 딱히 '책 지상주의자'는 아닌데도 느꼈던 그 아쉬움의 정체는 뭐였을까.

그러니까, 중요한 건 '책' 자체만은 아니었던 것 같다. 나는 게임을 약간 옆에서 비껴 서서, 아니면 뒤로 불러나서, 게임 바깥에서 한번 살펴보고 싶었다. 게임에 빠져 있을 때 나는 이 게임의 의미와 사회적 영향에 대해 생각하지 않고, 그저 눈앞의 미션을 클리어하고 적들을 처치하는 데에 몰입한다. 그게 플레이가 주는 즉각적인 재미이고, 다들 그 재미 때문에 게임을 좋아한다. 나도 그렇다. 하지만 전원이 꺼지고, 게임을 하지 않는 상태에서 그 게임에 대해 찬찬히 생각해보면… 여전히 게임은 모니터 밖에서도 많은 이야기를 하고 있는 것 같다. 게임 내적인 시스템과 세계관과 설정뿐만 아니라, 이 게임이 만들어지는 산업의 논리와 게이머들과 팬덤의 목소리가 게임에 반영되는 방식, 또한 게임이 이끌어내는 논의들을 통해서. 재미를 만들고, 재미를 퍼뜨리고, 무엇이 재미인가를 규정하고 또 그것을 달성하는 방식을 통해서.

*

'게임학(game studies)'이라고 불리는 연구 분야가 있다. 게임과 게임 플레이 행위를 비롯해서 게임이 사회와 인간에게 미치는 영향을 연구하는 학문이다. 게임의 역사, 디자인, 팬덤 문화, 내러티브, 산업 전반까지 한발 바깥에서 살펴보는 연구라고 할 수 있다. 이런 학제간 학문이 대개 그렇듯이 대학에 정식으로 개설된 학과는 매우 소수인 데다, 온갖 전공 베이스의 연구자들이 뒤섞이며, 하는 사람들끼리는 무척 재미있지만 지원금을 조달하기는 어렵고, 논문을 발표할 수 있는 곳은 적어 보인다. 게임학 저널에 들어가자마자 '당신이 게임학을 연구하러 들어올 때 각오해야 할 10가지' 같은 제목을 단 에세이가 눈에 띄는 걸 보면 확실하다.

이 분야의 연구 논문을 몇 가지 살펴보면 이렇다. 「'사이버펑크 2077'의 범죄 개념 분석」, 「'동물의 숲' 플레이가 퀴어 커뮤니티에 가지는 의미」, 「오픈월드 게임의 지리적 정확성 분석과 가상세계에 대한 인식 관계 조명」, 「'호라이즌 제로 던'의 비인간 캐릭터 분석」, 「여성 게이머 정체성에 대한 질적 탐구」…* 모두 흥미로워 보이는 와중에도 유독 눈길을 끄는 제목의 논문이 있었다. 「전 세계에 누카콜라를 사주고 싶어요: 비디오게임 속 탄산음료 자판기의 목적과 의미」. 참고로 누카콜라는 「폴아웃」 시리즈에 등장하는 탄산음료다. 작중 핵전쟁이 터지기 직전 세계에서 가장 인기가 많았던 음료로 맵 곳곳에 굴러다

---

*   영문 제목은 참고 자료에 있다.

니고 누카콜라를 파는 자판기도 많다(누카콜라를 마시면 방사능이 누적된다. 그래서 뭐? 그 정도 방사능은 신경 안 쓰는 게 「폴아웃」 세계관이다).

많은 비디오게임에 가상의 탄산음료를 파는 자판기가 매우 흔하게 배치되어 있는데, 사실 이 논문을 보기 전까지는 그 사실을 인식하지 못했다. 하지만 생각해보니 내가 했던 대부분의 SF 게임에 탄산음료 자판기가 있었다(그걸 눈치 못 챘다니). 이 논문은 탄산음료 자판기의 상업적, 미적, 게임 플레이적, 내러티브적 측면을 분석하기 위해 여러 게임에서 자판기를 수집하는 '비디오게임 소다 머신 프로젝트'의 3천여 개 데이터를 이용했다고 한다. 저자가 직접 개설한 이 프로젝트에는 저자뿐만 아니라 전 세계의 게이머들이 직접 게임 속에서 발견한 자판기 사진을 보내 참여했다. 이 대목을 보면서 실외기 사진을 수집하는 내 친구가 떠올랐다.

나에게는 장애와 기술을 연구하는 미량이라는 친구가 있는데, 이 친구는 공기 연구의 일환으로 실외기에도 집착한다. 미량은 실내와 실외의 공기를 교환하는, 또는 실내와 실외의 구분을 흐트러뜨리는 기계가 너무나 흥미롭지 않냐고 주장한다. 솔직히 나는 그게 왜 흥미로운지 잘 모르겠다. 친구가 실외기를 주제로 쓸 논문을 읽기 전까지는 아마 계속 모를 것이다. 미량은 나와 함께 여행을 다닐 때마다 열성적으로 실외기 사진을 찍었다. "오, 저 실외기는 정말 특이한 구조네!", "우와, 저 실외기 봐. 어떻게 저렇게 문과 창문 사이에 절묘하게 매달렸지?" 이제 나도 눈길을 끄는 실외기를 보면 사진을 찍어서 보내준다. 여전히 이해할 수 없지만, 친구를 조금 기쁘게 해주고 싶어서. 얼마 전에는 홍콩의 실외기 사진을 찍어서 보내줬다가, 제조사 이름이 잘 보이지 않는다고 타박을 받았다(연구자들은 이상한 데다 까탈스럽기까지 하다).

어쨌든 전 세계 연구자들은 다 비슷한가 보다. 남들은 이해할 수 없는 무언가에 꽂히고, 그걸 열성적으로 수집하고…. 아무래도 실외기보다는 비디오 게임 속 탄산음료 자판기가 더 흥미롭기 때문에 나는 이 논문을 열심히 읽었다. 저자는 게임 속 자판기를 다각도로 분석하면서, 자판기가 게임에 현대 자본주의의 소비주의적 가치를 반영하고 강화하는 역할을 한다고 말하고 있었다. 동의하든 하지 않든, 이런 분석들은 내가 무심코 지나쳤던 게임 속 디자인과 사물에 의미를 부여하고 탐사를 즐겁게 해주는 것 같다.

이런 게임 연구에서 유독 인기가 많은 SF 게임이 있다. 「매스 이펙트」 시리즈다. 이 시리즈는 주인공 셰퍼드가 은하계 전체를 멸망시키려 하는 강력한 존재를 막기 위해 노르망디호를 지휘하며 위험한 임무를 수행하는 게임이다. 워낙 게임계에 큰 영향을 미친 시리즈라고 알고 있어서, 리마스터 버전*이 나온 걸 계기로 1편부터 3편까지 연달아 해보았는데 무척 재미있었다. 편이 더해갈수록 더 무시무시한 우주적 문제가 발생하고 왠지 다들 셰퍼드에게 문제를 떠넘기는 것이 어이없었지만(아니, 온 은하문명의 위기라는데 왜 그걸 셰퍼드 한 명에게?) 그게 게임 주인공의 운명이겠지 싶었다. 어쨌든 재미있게 하면서도 시스템 자체가 '새롭다'는 느낌을 딱히 받지는 못했는데, 알고 보니 「매스 이펙트」가 후대 게임들에 미친 영향이 워낙 커서 그랬던 것이다. 고전 명작이 이후 작품에 영향을 많이 미치면, 나중에 오히려 고전을 진부하다고 느끼게 되는 역설과 비슷하달까.

　그렇게 영향력이 큰 게임인 만큼 「매스 이펙트」

---

*　오래된 게임의 그래픽 화질을 높여 재출시하는 버전이다.

는 다각도로 분석되었는데, 특히 작품의 이종족 동료들과 외계인, 퀴어 로맨스에 대한 논문이 많이 나와 있다. 「매스 이펙트」의 동료 시스템은 강력하다. 게임 미션은 보통 행성 표면에서 진행되는데 착륙할 때마다 동료 둘을 분대로 편성해 데려가고, 미션이 끝나면 다시 함선으로 돌아와 우주선을 정비하고 동료들과 대화하는 루틴이 있다 보니, 게임이 진행되면서 동료 승무원들과 끈끈한 관계를 맺게 된다. 이 동료들 중 상당수는 인간이 아니다. 「매스 이펙트」의 은하계에서 인류는 수십 가지 종족 중 하나에 불과하며, 심지어 공간 이동 기술의 발견이 늦어 우주에도 뒤늦게 진출한 종족이다. 주인공 셰퍼드는 다양한 종족의 동료들을 모집하고, 이들의 개인적인 문제(보통은 종족이나 고향과 관련된 문제들이다)를 함께 해결해주고 깊은 관계를 쌓아가며, 이 우주가 참으로 복잡하고도 다양한 문명 사이의 갈등에 시달리고 있음을 알게 된다. 그 와중에 이 모든 문명을 위협하고 있는 절대적인 외부의 적이 있으니 잠시라도 뭉쳐야 할 텐데 참 쉽지 않다.

노르망디호의 승무원 중 탈리와 개러스라는 동료가 있다. 탈리는 기술공학에 능한 유목민 퀴리언으로, 퀴리언 종족은 면역 체계가 약해 늘 환경 보호복을 착용하고 있으며 마스크로 얼굴을 가리고 다닌다. 개러스는 전직 장교 출신의 튜리언인데, 튜리언은 두꺼운 금속질의 갑각으로 몸이 뒤덮여 도마뱀, 거북이, 공룡 등에 비유되는 독특한 외형을 한 종족으로 군국주의적이고 위계가 강한 문명이다. 탈리와 개러스는 「매스 이펙트」 시리즈에서 가장 사랑받는 캐릭터들이다. 두 캐릭터 모두 1편에서는 로맨스 옵션이 없었지만 팬덤의 강력한 요구로 2편부터는 주인공 셰퍼드와 로맨스 관계가 가능해졌을 정도다. 혹시 약간의 기대를 담아 탈리와 개러스를 검색해본다면, '뭐야, 그냥 외계인이잖아…'라고 생각할 수 있지만 두 캐릭터의 매력과 게임 속 상호작용의 힘은 매우 강력하기 때문에, 게임을 하다 보면 이들이 사랑받는 이유를 이해하게 될지도 모른다.

'끔찍한 이종 간 어색함: 「매스 이펙트」 우주의 (비)인간 욕망'이라는 제목의 논문은 「매스 이펙트」의 외계 종족과 이들과의 로맨스를 본격적으로 분석한다. 「매스 이펙트」의 외계 종족들은 인간과 어느 정도 비슷한 외형에서부터 아주 이질적인 모습까지 스펙트럼이 다양한데, 인간과 닮은 외형을 가진 종족조차도 성적 접촉이 쉽지는 않다. 탈리와의 로맨스에서는 쿼리언 종족의 취약한 면역 체계가 문제가 되며,

쿼리언을 보호하기 위한 규칙을 따라야만 한다. 개러스의 경우는 더 복잡하다. 개러스가 속한 튜리언 종족은 머리, 팔, 다리 등의 전체적인 외형만 인간과 비슷할 뿐 해부학적으로나 생화학적으로 인간과 완전히 다르기 때문이다. 심지어 같은 음식을 공유할 수조차 없다. 게임 내에서는 이 다른 종족 간의 접촉이 암시적으로만 표현되지만, 팬덤이 창작하는 팬픽과 만화에서는 이종족 간 신체 구조의 차이가 매우 구체적이고 노골적으로 그려진다(내가 찾아본 한 영문 팬픽에서는 작가가 댓글로 자신이 수의학 전공이라고 밝히고 있었다!). 논문은 이러한 비인간과의 로맨스, 성별과 종을 넘어서는 포스트휴먼 섹슈얼리티의 탐구가 게임에서 표현될 때, 다른 SF 매체에 비해 게임에서는 플레이어와 게임, 팬덤과 게임 사이 양방향 상호작용이 강하기에 더욱 흥미로운 양상을 띤다고 지적한다.

이 인기 있는 두 동료 캐릭터에 대한 플레이어들의 애착을 별도로 분석한 연구도 있다. 「나는 가상의 캐릭터 탈리에게 강한 감정을 품어요: 비디오게임 플레이어의 NPC에 대한 감정적 애착 조사」라는 논문은 게임 제작사의 「매스 이펙트」 공식 포럼을 분석해서, 팬들이 탈리와 개러스에 대해 보이는 감정적 애착을 살폈다. 팬들은 탈리, 개러스의 성격과 배경, 세퍼드와의 로맨스 관계를 분석하고, 인간과 튜리언, 쿼리언의 생물학적 차이와 문화적 차이에 대해 토론하고, 탈리와 개러스에 대한 사랑을 고백했다. 논문의 저자는 게임 제작사가 이러한 플레이어들의 감정을 충분히 이해하지 못한 것 같다고 지적하는데(실제로 「매스 이펙트」의 총괄 디렉터는 탈리를 3편에서 아예 빼버리려고 했다) 감정적으로 강렬한 게임을 만들기 위해서는 게임 제작 과정에 플레이어가 작중 캐릭터에게 느끼는 애착을 충분히 고려할 필요가 있다고 주장한다.

어떤 연구는 비디오게임들이 로맨스 시스템에서 대개 폴리아모리(다자연애)를 허용하지 않는 현상을 비판적으로 분석하는데, 여기에 등장하는 「매스 이펙트」의 사례는 좀 재미있다. 실제로 게임 내에서 주인공 세퍼드가 승무원 둘 이상에게 동시에 호감을 표시하면 삼자 대면을 하게 되는 루트가 있는데, 이때 세퍼드가 '왜 둘 중 하나만 선택해야 하지?'라는 (한국 드라마였으면 당장 뺨 맞을) 대사를 했을 때 인간 승무원들은 즉시 화를 내며 돌아선다. 하지만 아사리족 외계인인 리아라의 반응은 다소 특이하다. 리아라는 세퍼드가 폴리아모리를 암시하는 말을 해도 화를 내지 않으며, "인간에게 질투의 개념이 있다는 걸 안다"라는 식으로 모호하게 답변한다. 아사리족인 리아라에게는 인간처럼 독점적 연애만 해야한다는 규범이 없는 것이다. 물론 이 연구는 「매스 이펙트」가 이러한 '균열'을 보여주긴 하지만 실제로는 그렇게 급진적이지 않으며, 합의된 관계라 해도 오직독점적 연애만을 허용하는 명확한 한계를 가지고 있음을 지적하는 연구다.* 사실 SF 소설이나 드라마에서는 이미 수십 년 전부터 비규범적 로맨스가 다루어져 왔고, 연체동물 외계 종족의 알을 임신하고 출산하는 남자를 주인공으로 그린 옥타비아 버틀러의 단편 「블러드 차일드」가 1984년에 나왔으니, 「매스 이펙트」의 시도는 그저 당대 게임 문화의 한계 안에서 반걸음 정도 나아간 것이라고 봐야 할 것이다. 그렇지만 소설을 읽을 때 독자들이 캐릭터와 거리를 유지할 수 있는 것과 달리 게임을 하는 플레이어는 좀 더직접적으로 관여해 캐릭터들과 정서적 관계를 맺는다. 「매스 이펙트」와 같은 대형 게임이 과감한 실험을

---

* 실제로 게임 속 로맨스는 점점 다양해져서 2023년의 게임 어워드를 휩쓴 「발더스 게이트 3」에서는 다양한 폴리아모리 로맨스가 가능하다.

해보는 것이 그래서 디옥 의미기 있디.

「매스 이펙트」의 장애인 캐릭터 표현이나 퀴어-군사주의에 대한 연구 등 소개하고 싶은 재미있는 연구들이 더 많지만, 사실 다른 매체 비평에 비해 게임 연구는 직접 플레이해보지 않으면 읽기가 좀 더 어렵다. 게임의 세계관이나 내러티브 같은 쉽게 설명될 수 있는 부분들뿐만 아니라, 플레이 방식과 시스템, 메커니즘까지 알아야 분석 내용을 이해할 수 있기 때문이다. 한편 내 경우는 그래서 오히려 플레이해본 게임에 대한 연구 논문과 비평을 읽는 것이 더 새로운 경험이었다. 게임을 플레이할 때 나는 의도된 조작 방식대로 게임을 경험했지만, 시간이 흐른 후 이 게임에 대한 비평을 읽었을 때 다른 관점으로 새롭게 게임을 경험하는 듯한 느낌을 받았다. 앞서 게임을 하며 그 세계를 알아가는 것이 마치 삶을 일단 경험하고, 추후에 서사화하는 것과도 비슷하다는 말을 했었다. 좀 더 확장하자면 게임 비평을 읽는 일도 게임을 이미 경험한 후에 서사화하는 일, 혹은 꼭 서사화가 아니더라도 의미를 재해석하는 일이 아닐까 싶다.

이런 게임 비평, 게임학을 살펴보는 건 무척 즐거운 경험이었지만 동시에 한국의 현실을 생각하게 했다. 한국의 게이머 커뮤니티는 게임을 사회와 연결하는 일에 배타적이며, 특히 다양성에 대한 논의가 억압되고 있다. 게임 관련 매체는 게임에 대한 장문의 리뷰를 자주 수록하지만 이것이 게임 내적인 비평을 넘어, 게임 외적인 비평까지 이어지는 경우는 많지 않은 듯하다. 게임 강국으로 불리는 한국의 이면에는 상업성에만 치우치기 쉬운 비즈니스 모델, 포용적이지 않은 커뮤니티 문화, 지나친 경쟁주의와 같은 그림자가 있으며, 나는 게임과 게임 바깥 사회의 단절이 이런 문제를 더욱 부추기는 것이 아닐까 생각한다.

그럼에도 한국에서 게임 비평을 시도하고, 워크샵과 포럼을 열고, 게임-문화-사회에 대한 진지한 논의를 해보려는 움직임은 분명히 있다. 게임 비평 웹진 『게임 제너레이션』이 3년째 운영되고 있고, 게임 비평 공모전이 열리며, 게이머로서의 경험 혹은 제작자로서의 경험을 사회적 관점으로 되돌아보는 에세이, 게임에 대한 인문사회 비평서가 조금씩 출간되는 중이다. 어려운 환경에서 새로운 시도를 하는 사람들을 지지하고 싶다. 게임이 가진 재미의 폭과 깊이는, '재미있으면 그만'이라는 태도보다는 그 재미에 대한 다각도의 탐구를 통해 더욱 넓어지고 깊어질 수 있다고 나는 믿는다. 게임에 대한 더 많은 이야기, 더 많은 관점이 이 흥미로운 매체를 이디까지 데려갈 수 있을지 궁금하다.

컴플리트를 포기하며

거칠게 말하자면, 비디오게임 플레이어는 크게 두 부류로 나눌 수 있다. 주어진 콘텐츠를 속속들이 즐겨야 만족하는 부류와 대강 시작과 끝만 봐도, 심지어는 끝을 안 봐도 만족하는 부류. 나는 후자에 많이 기울어 있다. 이 글에는 가급적 끝을 본 게임들 위주로 이야기했지만, 결말까지 가지 않았는데도 충분히 즐겼던 게임들이 많다. 그간 플레이했던 게임들을 쭉 세어보며 생각했다. '아, 이 게임, 너무 재미있었지. 이것도 거의 인생 게임 수준이지. 그런데 이건 정작 엔딩을 안 봤네. 어라, 저것도….'

　　이런 말을 하는 '주제'에 조금 우습지만, 몇 년 전까지만 해도 내게는 취미에 대한 완벽주의가 있었다. 웨이트 운동을 시작했을 때, 처음 아령을 들었으면서 이후 일주일 내내 유튜브로 세계 최정상 보디빌더들의 운동 자세를 봤다. 영화나 드라마를 보면 그 작품의 모든 것―촬영 과정과 초기 설정, 제작진 코멘터리, 비하인드 스토리까지―을 샅샅이 찾아봐야 직성이 풀렸다. 이후 퍼즐, 그리기, 수집, 여행도 마찬가지였다. 할 거면 제대로…. 그러다 보니 당연하게도 빨리 질렸다. 즐거워서 계속하고 싶다는 마음이 잘하고 싶다는 마음에 짓눌리는데, 불행히도 나는 잘하는 것이 별로 없었다. 즐기고 싶지만 잘하지 못하면 즐기지를 못하고… 그래서 나는 오랫동안 취미가 없는 사람이었다. 나의 서투름을 견디지 못하는데 서투른 것투성이어서, 아예 시작조차 하지 않았다. 그러면 게임은?

어쩌면 내가 경쟁이 만연한 온라인 게임 세계를 오래전 떠난 건 게임을 진정으로 즐기기 위한 필요조건이었는지도 모른다. 사실 그런 경쟁 따위, 안 끼면 그만인데도 나는 경쟁 요소가 있고 랭크가 매겨지면 일단 잘해야 한다는 생각에서 벗어나지 못했다. 경쟁 게임을 그만둔 이후에도 어떤 게임의 '컴플리트'에 도달해야 한다는 생각, 최소한 결말까지는 무조건 봐야 한다는 생각에 한동안 짓눌렸다. 그런데, 결말을 좀 안 보면 안 되나?

특별한 계기가 뭐였는지는 기억나지 않지만, 아마 하다 만 게임들이 늘어나는데도 별 문제 생기지 않고, 그냥 재밌게 즐겼다는 기억만 남는 경험이 쌓이면서 '잘해야 한다'는 생각을 조금씩 내려놓은 게 아닐까? 게임의 요소를 속속들이 파악하고 모든 경로를 다 가보고 각각의 엔딩을 전부 봐야 한다는 생각을 버리면서 나는 비로소 게임을 즐길 수 있게 됐다. 어차피 아무리 해도 다 할 수 없다. 모든 로그를 다 수집할 수 없다. 모든 스킬을 다 찍어볼 수 없고, 계속 조사해도 이야기의 전말을 전부 알 수는 없다(아니, 누군가는 하겠지만 그게 나는 아니다). 그런 점에서 게임의 세계는 우리 세계와 제법 닮았다. 제한된 기술과 제한된 정보를 손에 쥐고 나는 어설프게 앞으로 나아간다. 어느 하나도 잘하는 것 없이.

그런데 이상하게도 '잘하기를 그만둔' 이 세계 안에서 나는 현실보다 더 많은 일을 한다. 현실보다 더 과감해지고 더 멀리 간다. 실제로는 바퀴벌레 한 마리도 못 잡으면서 게임에서는 내 몸만큼 거대한 '라드로치'를 때려잡고, 지금까지 실내 클라이밍장에 가자는 친구의 집요한 제안에 늘 고개만 저어왔으면서 게임에서는 설산을 등반하고, 얼음 호수를 수영하고, 비포장 산길을 덜컹거리는 차로 내달린다. 그러다 가끔은 실패하고, 죽는다. 좀비한테 물려서, 차가 절벽으로 떨어져서, 성벽을 기어오르다 잡을 것을 놓쳐서…. 그래도 게임은 늘 미숙한 나에게 다음 시도를 허용한다. 다시 물리고, 다시 추락할 기회를 준다. 몇 번을 다시 죽더라도.

＊

원고를 다 쓰고, 그동안 읽었던 게임에 관한 책들을

정리하다가 책 속에서 메모를 하나 발견했다. 어려운 게임을 하다가 한발 물러나 지금 자신이 하고 있는 게임이 얼마나 아름다운지를 감상하는 플레이어의 마음이 어디서 출발하는지에 대한 철학적인 내용이었는데, 그 옆에 내 글씨로 이렇게 적혀 있었다. "삶을 게임처럼 살 수 있을까?" 이게 뭐야, 삶을 게임처럼 사는 게 이 내용이랑 무슨 상관이지? 그런데 그 옆에는 무척 확신 없는 듯한 한 줄이 더 붙어 있었다. "어느 정도는?"

삶을 게임처럼 살 수는 없다. 게임은 실패를 용납하고, 때로는 용납하는 정도가 아니라 적극적으로 장려한다. 하지만 현실 세계는 실패에 훨씬 가혹하고, 한번 떨어지면 끝이다. 부러진 팔은 좀처럼 붙지 않고, 떠나버린 기회는 다시 오지 않으며, 했던 선택은 돌이킬 수 없다. 게임에서 실패해도 되는 건 리플레이가 있고, 실패와 미숙함이 나를 성장하게 한다는 믿음이 있어서다. 현실의 실패와 미숙함에 대해서는 그런 믿음을 가질 수 없다. 그래도 만약, 정말 쉽지는 않겠지만… 그 믿음을 아주 조금 빌려온다면, 무언가 달라질까.

「보더랜드」 시리즈에는 '최후의 저항'이라는 특이한 시스템이 있다. 보통 게임에서는 체력이 떨어지면 시야가 붉어지거나 검어지다가 '0'이 뇌있을 때 암전되며 캐릭터가 죽는다. 하지만 「보더랜드」에서는 체력이 '0'이 되어도 곧바로 죽지 않는데, 플레이어 캐릭터는 바닥에 거의 쓰러진 상태로, 무기를 제대로 조준하지도 못한 채 허우적거리며 최후의 일격을 날리기 위해 애쓴다. 이 상태가 바로 '최후의 저항'이다. 짧은 시간 동안 플레이어는 버둥거리며 죽어간다. 피가 흐르고 시야가 흐려지고 조준선은 더 격렬히 흔들린다. 하지만 그 순간 마지막 한 발로 제대로 적을 맞혀 쓰러뜨리는 데에 성공한다면, '세컨드 윈드'가 찾아온다. 두 번째 기회다. 여전히 엉망진창이고, 체력은 겨우 목숨만 부지할 만큼만 회복된 상태. 그래도 아직 죽지 않았고, 다음 기회가 있다.

초라해질 때, 두려울 때, 미숙해서 괴로울 때, 인생을 게임처럼 살 수 없다는 걸 알면서도 이렇게 생각하기로 한다. '좋아, 지금이 세컨드 윈드야.' 어쩌면 그 반걸음이 나를 이 스테이지의 끝에 도달하게 해줄지도. 컴플리트를 할 필요는 없고, 그럴 수도 없다. 하지만 지금 이 순간, 단지 눈앞의 다른 풍경을 보고 싶다는 갈망. 그 막연하면서도 분명한 갈망이 나를 어디로 데려갈까. 나는 알고 싶어진다.

*

돌이켜 생각해보면 나는 원래 책에 메모를 하지 않는 편인데, "삶을 게임처럼 살 수 있을까?"라는 메모는 지워지는 볼펜으로 썼다. 지워지는 볼펜으로 뭔가를 쓸 때, 나는 사실 지울 생각을 거의 하지 않는다. 하지만 지울 수 있다고 생각하는 것만으로도 조금 더 과감해진다. 마구 밑줄을 긋고 책 본문만큼이나 빼곡한 메모를 남기기도 한다. 지울 수 있다고, 리플레이할 수 있다고, 이것으로 끝이 아니라고 믿는 것은 용기를 준다.

그런데 그 메모는 정말 지워지는 게 맞았을까?

그 믿음이 픽션에 불과하다고 해도, 때로 삶에는 그런 픽션이 필요하다.

참고자료

기억을 잃은 주인공의 부활

○ Juliann F., "What Are Your UI Choices: Diegetic v. Non-Diegetic v. Spatial v. Meta", Medium, 2019. 03. 08.

○ 'New-U Station', Borderlands Wiki.

○ 'Portal developer commentary', Portal Wiki.

세계를 경험하는 것

○ Pawel Frelik, 「Video Games」, 『The Oxford Handbook of Science Fiction』, Oxford University Press, 2014.

○ Harvey Smith, Matthias Worch, "What Happened Here? Environmental Storytelling", GDC 2010.

선택하기를 선택하기

○ 이경혁, 「실패한 혁명의 잔여물로서의 디스코 음악: 디스코 엘리시움」, 『게임 제너레이션』 4, 70-72, 2022.

○ 이승주, "불완전한 조각들의 완전한 작품-디스코 엘리시움", 아트인사이트, 2022. 03. 23.

○ Christopher Bartel, 「Free Will and Moral

Responsibility in Video Games」,『Ethics and Information Technology』17, 285-293, 2015.

○ Josef Florian, "The Illusion of Free Will in the Stanley Parable", the eye watch, 2013. 11. 19.

전쟁 게임을 즐기는 평화주의자

○ 라프 코스터, 유창석·전유택 옮김,『라프 코스터의 재미이론』, 길벗, 2017.

○ C. 티 응우옌, 이동휘 옮김,『게임: 행위성의 예술』, 워크룸프레스, 2022.

○ Redder,「괴물과 싸우기 위해 괴물이 되어가는 이야기, XCOM」, 미디어스, 2015. 03. 07.

○ Keith Stuart,「Should Gamers Be Accountable for In-Game War Crimes?」,『The Guardian』, 2013.

○ Morgan Luck,「The Gamer's Dilemma: An Analysis of the Arguments for the Moral Distinction Between Virtual Murder and Virtual Paedophilia」,『Ethics and Information Technology』11, 31-36, 2009.

○ Morgan Luck,「The Grave Resolution to the Gamer's Dilemma: an Argument for a Moral

Distinction Between Virtual Murder and Virtual Child Molestation」, 『Philosophia』 50, 1287 – 1308, 2022.

○ Neil C Renic, Sebastian Kaempf, 「Modern Lawfare: Exploring the Relationship Between Military First-Person Shooter Video Games and the "War is Hell" Myth」, 『Global Studies Quarterly』 2(1), 2022.

○ Ali Rami, 「A new solution to the gamer's dilemma」, 『Ethics and Information Technology』 17, 267 – 274, 2015.

○ Richard Godfrey, 「The Politics of Consuming War: Video Games, the Military-Entertainment Complex and the Spectacle of Violence」, 『Journal of Marketing Management』 38(7-8), 661–682, 2022.

○ Dayan Mustafa, "Do All War Films Glorify War?", Medium, 2022.03.04.

○ Zachary Nadel, "Do You Feel Like a Hero Yet?" Spec Ops: The Line and Ludonarrative Dissonance", Medium, 2017.

○ PLAY BY THE RULES, International

Committee of the Red Cross.

도마뱀 외계인을 사랑해도 될까요

○ Daria J. Kuss, et al., 「To Be or Not to Be a Female Gamer: A Qualitative Exploration of Female Gamer Identity」, 『International Journal of Environmental Research and Public Health』 19(3), 1169, 2022.

○ Eva Zekany, 「A Horrible Interspecies Awkwardness Thing: (Non)Human Desire in the Mass Effect Universe」, 『Bulletin of Science, Technology and Society』 36(1), 67-77, 2016.

○ Jacqueline Burgess, Christian Jones, 「I Harbour Strong Feelings for Tali Despite Her Being a Fictional Character: Investigating Videogame Players' Emotional Attachments to Non-Player Characters」, 『Game Studies』 20(1), 2020.

○ Jess Morrissette, 「I'd Like to Buy the World a Nuka-Cola: The Purposes and Meanings of Video Game Soda Machines」, 『Game Studies』 20(1), 2020.

○ Jesús Fernández-Caro, 「Post-Apocalyptic

Nonhuman Characters in 'Horizon: Zero Dawn':
Animal Machines, Posthumans, and AI-based
Deities」, 『MOSF Journal of Science Fiction』 3(3),
43-56, 2019.

○ Meghan Blythe Adams, Nathan Rambukkana,
「Why do I have to make a choice? Maybe the three
of us could, uh…: Non-Monogamy in Videogame
Narratives」, 『Game Studies』 18(2), 2018.

○ Morgan James Steele, 「Chippin' In: An
Analysis of the Criminological Concepts Within
'Cyberpunk 2077'」, 『Games and Culture』 19(2),
199-217, 2024.

○ Pablo Fraile-Jurado, 「Geographical Aspects
of Open-World Video Games」, 『Games and
Culture』, 0(0), 2023.

○ Vitor Blanco-Fernández, Jose Antonio Moreno,
「Video Games Were My First Safe Space: Queer
Gaming in the Animal Crossing New Horizons
LGBTIQA+Community」, 『Games and Culture』,
0(0), 2023.

○ The Video Game Soda Machine Project,
Retrieved March 19, 2018, vgsmproject.com.

나를 만든 세계, 내가 만든 세계
'아무튼'은 나에게 기쁨이자 즐거움이 되는,
생각만 해도 좋은 한 가지를 담은 에세이 시리즈입니다.
위고, **제철소**, **코난북스**, 세 출판사가 함께 펴냅니다.

아무튼, SF 게임

초판 1쇄 2024년 6월 25일
초판 2쇄 2024년 7월 10일

지은이 김초엽
편집 이재현, 조소정, 김아영
디자인 이지선
제작 세걸음

펴낸곳 위고
등록 2012년 10월 29일 제406-2012-000115호
주소 경기도 파주시 돌곶이길 180-38 1층
전화 031-946-9276
팩스 031-946-9277

hugo@hugobooks.co.kr
hugobooks.co.kr

©김초엽, 2024

ISBN 979-11-93044-17-9 02810